PENGUIN BOOKS

New Penguin Parallel Texts: Short Stories in Italian

Nick Roberts studied modern languages at Caius College, Cambridge, and has been teaching Italian at Eton College since 1990. He is married to an Italian and has one daughter.

NEW PENGUIN PARALLEL TEXTS

Short Stories in Italian

Edited by Nick Roberts

PENGUIN BOOKS

PENGUIN BOOKS

Published by the Penguin Group
Penguin Books Ltd, 80 Strand, London WC2R 0RL, England
Penguin Putnam Inc., 375 Hudson Street, New York, New York 10014, USA
Penguin Books Australia Ltd, 250 Camberwell Road, Camberwell, Victoria 3124, Australia
Penguin Books Canada Ltd, 10 Alcorn Avenue, Toronto, Ontario, Canada M4V 3B2
Penguin Books India (P) Ltd, 11 Community Centre, Panchsheel Park, New Delhi – 110 017, India
Penguin Books (NZ) Ltd, Cnr Rosedale and Airborne Roads, Albany, Auckland, New Zealand
Penguin Books (South Africa) (Pty) Ltd, 24 Sturdee Avenue, Rosebank 2196, South Africa

Penguin Books Ltd, Registered Offices: 80 Strand, London WC2R 0RL, England

www.penguin.com

First published 1999
21

Introduction, notes and this collection copyright © Nick Roberts, 1999
Copyright in individual stories remains with the authors and translators,
unless stated otherwise in the acknowledgements on p. 175.
All rights reserved

The moral right of the editor has been asserted

Set in 10/12.5 pt PostScript Monotype Baskerville
Typeset by Rowland Phototypesetting Ltd, Bury St Edmunds, Suffolk
Made and printed in Great Britain by Clays Ltd, St Ives plc

Contents

Introduction

The purpose of this new Penguin Italian parallel text is twofold. It aims firstly to give students of Italian at all levels the opportunity to read a wide range of contemporary literature in the original without having constantly to refer to dictionaries and grammars. Secondly it aims to give a general and necessarily limited overview of Italian fiction over the last three decades, for although all the stories in the volume are self-contained *racconti*, many of the authors built their reputations as novelists, and indeed the majority may be well known even to English and American readers, for much of their work has already been published in translation. Others may be less familiar, and although Italian writers have never been easily divided into literary schools (nor indeed would they want to be), I would hope that this edition shows something of a transition from the work of the established literary figures of the 1960s and 1970s, such as Sciascia, Parise, Calvino and Levi, all of whom died within a few years of each other in the late 1980s, to that of a new generation of writers, including Tamaro and Tabucchi, who are enjoying considerable critical acclaim as well as commercial success in the 1990s.

There is a long tradition of short fiction in Italy going back as far as Boccaccio in the fourteenth century. Although in the early part of this century the fiction industry was hampered by a non-literary and sometimes illiterate public, several factors have made the last three decades a good period for writers: the move away from an agricultural to an industrial economy, the emergence through radio, television, cinema and national newspapers of 'standard' Italian as a national language, the introduction of education for all, and the economic boom which Italy enjoyed in the 1970s and 1980s. Newspapers still regularly devote space to short stories; women writers, who until recently were too often rejected a priori by the establish-

ment (it was Dacia Maraini who first applied to the Italian literary world Simone de Beauvoir's conviction that women were seen exclusively from a male point of view), have now added a new and significant dimension to high-quality fiction; and there is an increasing cultural awareness among the Italian public.

The social, political and cultural preoccupations with which Italians have been faced over the last thirty or so years (terrorism in the 1970s, the perennial question of the north–south divide and the separatist threat put forward by the *Lega Nord*, the new challenges posed by immigration as opposed to emigration, an increasing mistrust of politicians brought about by allegations of corruption and involvement with the mafia) have produced a variety of responses from intellectuals, but they have not damaged the general feeling of optimism in Italy. Although publishers may sometimes have relied on commercial tactics in order to retain interest (an abundance of widely publicized literary awards are now in place, one of which, the *Premio Strega*, was awarded to Parise for his *Sillabario N.2* in 1982), the publishing industry has remained strong throughout. However, it is probably because Italy remains so much more decentralized than other European countries that the literary intentions, not to mention the styles, of its authors should be so diverse, and I hope that this collection will make readers aware of the rich variety offered by contemporary writers.

Il lungo viaggio, the story by Leonardo Sciascia, was published in 1973 in the collection *Il mare colore del vino* and deals with the hopes and aspirations of still-backward Sicilians of a life in the New World. Although Sciascia is best known for works written in the form of detective novels, such as *Il giorno della civetta* and *A ciascuno il suo*, and more discursive writing on the mafia question, the distinctly Sicilian flavour of this story shows his evident fondness for the inhabitants of his native island and provides a delightful insight into the mentality of the ingenuous Sicilians as they embark upon a journey which they believe will take them to the shores of America.

Italia by Goffredo Parise is from the collection *Sillabario N. 2*, published in 1982, an ambitious project in which an A to Z of abstract

nouns inspires a series of stories which the author himself described as an 'abecedary of human emotions'. This story is a nostalgic account of the life of what the author sees as a typical Italian couple, Giovanni and Maria, whose innate Mediterranean sensuality loses its intensity as they move into old age, but whose sense of 'honour' remains as strong as ever, the implication being that the values of previous generations influence their mentality as strongly as the Mediterranean climate itself.

Dacia Maraini has been Italy's leading feminist authority since the publication of *L'età del malessere* in 1962, and she was associated personally with Alberto Moravia throughout the 1950s and 1960s. *La ragazza con la treccia* was published for the first time in Sharon Wood's collection *Italian Women Writing* (1993), and deals with the hitherto taboo subject of abortion. The young girl in the story has no choice but to seek out an illegal abortion, with no support system on which to fall, living through the terrifying ordeal as something of a social outcast.

Italo Calvino has been probably the most influential of Italian writers since the war, with works such as *Se una notte un viaggiatore* (published in 1979) enjoying success and critical acclaim on a par with Umberto Eco's *Il nome della rosa*, published a year later. *L'ultimo canale*, published first in *La Repubblica* in 1984 and then in the collection *Prima che tu dica «pronto»* (1993), provides an example of Calvino's inventiveness as a writer and shows his ability to transform an everyday situation (in this case the narrator and his TV remote control) into a fantastical narration. Written in the form of a report which the narrator will subsequently submit to the appeal court dealing with his case, it conveys a sense of the existential anguish and moral conviction that characterizes much of his writing.

Best known for his two novels *Se questo è un uomo* and *La tregua*, autobiographical accounts of his experiences at Auschwitz, Primo Levi also brings his attempts to understand the notion of the concentration camp through his writing into the sphere of the *racconto*; *Lilít* comes from a collection bearing the same name, in which each story deals with what Levi refers to as 'bizarre, marginal moments of reprieve', episodes of virtue set against the background of the

concentration camps, moments of 'good' which come directly or indirectly out of atrocious living conditions. The episode in this instance is a story within a story, as told by the Tischler, the carpenter and colleague of Levi at Auschwitz, whose recounting of the legend of Lillith provides the 'moment of reprieve'.

Susanna Tamaro has become a household name in Italy and well known throughout the world since the publication of *Va' dove ti porta il cuore* in 1994 and the subsequent film version in 1996. The story in this volume, *L'isola di Komodo*, was published in an anthology of writing by young, up-and-coming authors in 1991, and deals with the rejection and subsequent social exclusion of a child whose presence in the world becomes akin to that of a mythical monster.

Sandra Petrignani is best known for her work as an arts journalist in Rome but has spent much time looking into the role of the woman writer, culminating in *Le signore della scrittura* (1984), a collection of interviews with leading women writers. *Donne in piscina* follows the discussions of a group of middle-class women as they relax by the poolside, but whose reactions to the arrival of a man in their midst raise questions about the extent of their apparent liberation and emphasize the problematic nature of relationships across the gender divide.

Stefano Benni's *Un cattivo scolaro*, published in 1994, forms part of a collection of 'very' short stories entitled *L'ultima lacrima*. Benni's work may be somewhat consumer-orientated and (some would say) devoid of literary merit, but a representative sample of contemporary Italian fiction would not be complete without an example of his ironic, sometimes savage attack on life in 1990s Italy. *Un cattivo scolaro* follows the progress of a middle-school student whose efforts to become an individual are hampered by expectations of conformity (in this case the norm is dictated by teenage fashion accessories and television soap operas) among both peers and elders. Students unfamiliar with colloquial Italian may appreciate the opportunity to observe a different linguistic register.

Antonio Tabucchi is one of Italy's leading contemporary writers. *I pomeriggi del sabato*, from the collection *Il gioco del rovescio*, published in 1988, is written from the point of view of a young boy whose drab

world is upset by events witnessed by his sister. In his introduction to this collection, Tabucchi states that his literary purpose came from a realization that 'things are not always what they seem', thereby putting the burden of interpretation firmly on the reader.

The wide variety of literary styles in this collection will, I hope, be reflected by the wide range of translators, for whose work I am most grateful. Some translations are more literal than others, but I would like to think that they can all be read either on their own or (preferably) in conjunction with the Italian.

Nick Roberts
March 1999

The Long Crossing

LEONARDO SCIASCIA

Translated by Avril Bardoni

Il lungo viaggio

Era una notte che pareva fatta apposta, un'oscurità cagliata che a muoversi quasi se ne sentiva il peso. E faceva spavento, respiro di quella belva che era il mondo, il suono del mare: un respiro che veniva a spegnersi ai loro piedi.

Stavano, con le loro valige di cartone e i loro fagotti, su un tratto di spiaggia pietrosa, riparata da colline, tra Gela e Licata:[1] vi erano arrivati all'imbrunire, ed erano partiti all'alba dai loro paesi; paesi interni, lontani dal mare, aggrumati nell'arida plaga del feudo. Qualcuno di loro, era la prima volta che vedeva il mare: e sgomentava il pensiero di dover attraversarlo tutto, da quella deserta spiaggia della Sicilia, di notte, ad un'altra deserta spiaggia dell'America, pure di notte. Perché i patti erano questi – Io di notte vi imbarco – aveva detto l'uomo: una specie di commesso viaggiatore per la parlantina, ma serio e onesto nel volto – e di notte vi sbarco: sulla spiaggia del Nugioirsi, vi sbarco; a due passi da Nuovaiorche[2] ... E chi ha parenti in America, può scrivergli che aspettino alla stazione di Trenton,[3] dodici giorni dopo l'imbarco ... Fatevi il conto da voi ... Certo, il giorno preciso non posso assicurarvelo: mettiamo che c'è mare grosso, mettiamo che la guardia costiera stia a vigilare ... Un giorno più o un giorno meno, non vi fa niente: l'importante è sbarcare in America.

L'importante era davvero sbarcare in America: come e quando non aveva poi importanza. Se ai loro parenti arrivavano le lettere, con quegli indirizzi confusi e sgorbi che riuscivano a tracciare sulle buste, sarebbero arrivati anche loro; chi ha lingua passa il mare, giustamente diceva il proverbio. E avrebbero passato il mare, quel grande mare oscuro; e sarebbero

The Long Crossing

The night seemed made to order, the darkness so thick that its
weight could almost be felt when one moved. And the sound of the
sea, like the wild-animal breath of the world itself, frightened them
as it gasped and died at their feet.

They were huddled with their cardboard suitcases and their bundles
on a stretch of pebbly beach sheltered by hills, between Gela and
Licata. They had arrived at dusk, having set out at dawn from their
own villages, inland villages far from the sea, clustered on barren
stretches of feudal land. For some of them this was their first sight of
the sea, and the thought of having to cross the whole of that vast
expanse, leaving one deserted beach in Sicily by night and landing on
another deserted beach, in America and again by night, filled them
with misgivings. But these were the terms to which they had agreed.
The man, some sort of travelling salesman to judge from his speech,
but with an honest face that made you trust him, had said: 'I will take
you aboard at night and I will put you off at night, on a beach in New
Jersey – only a stone's throw from New York. Those of you who have
relatives in America can write to them and suggest that they meet you
at the station in Trenton twelve days after your departure . . . Work it
out for yourselves . . . Of course, I can't guarantee a precise date . . .
We may be held up by rough seas or coastguard patrols . . . One day
more or less won't make any difference: the important thing is to get
to America.'

To get to America was certainly the important thing; how and
when were minor details. If the letters they sent to their relatives
arrived, despite the ink-blotched, misspelt addresses scrawled so
laboriously on the envelopes, then they would arrive, too. The old saying, 'With a tongue in your head you can travel the world', was
right. And travel they would, over that great dark ocean to the land

approdati agli *stori* e alle *farme*[4] dell'America, all'affetto dei loro fratelli zii nipoti cugini, alle calde ricche abbondanti case, alle automobili grandi come case.

Duecentocinquantamila lire: metà alla partenza, metà all'arrivo. Le tenevano, a modo di scapolari, tra la pelle e la camicia. Avevano venduto tutto quello che avevano da vendere, per racimolarle: la casa terragna il mulo l'asino le provviste dell'annata il canterano le coltri. I più furbi avevano fatto ricorso agli usurai, con la segreta intenzione di fregarli; una volta almeno, dopo anni che ne subivano angaria: e ne avevano soddisfazione, al pensiero della faccia che avrebbero fatta nell'apprendere la notizia. «Vieni a cercarmi in America, sanguisuga: magari ti ridò i tuoi soldi, ma senza interesse, se ti riesce di trovarmi.» Il sogno dell' America traboccava di dollari: non più, il denaro, custodito nel logoro portafogli o nascosto tra la camicia e la pelle, ma cacciato con noncuranza nelle tasche dei pantaloni, tirato fuori a manciate: come avevano visto fare ai loro parenti, che erano partiti morti di fame, magri e cotti dal sole; e dopo venti o trent'anni tornavano, ma per una breve vacanza, con la faccia piena e rosea che faceva bel contrasto coi capelli candidi.

Erano già le undici. Uno di loro accese la lampadina tascabile: il segnale che potevano venire a prenderli per portarli sul piroscafo. Quando la spense, l'oscurità sembrò più spessa e paurosa. Ma qualche minuto dopo, dal respiro ossessivo del mare affiorò un più umano, domestico suono d'acqua: quasi che vi si riempissero e vuotassero, con ritmo, dei secchi. Poi venne un brusío, un parlottare sommesso. Si trovarono davanti il signor Melfa, ché con questo nome conoscevano l'impresario della loro avventura, prima ancora di aver capito che la barca aveva toccato terra.

– Ci siamo tutti? – domandò il signor Melfa. Accese la lampadina, fece la conta. Ne mancavano due. – Forse ci hanno ripensato, forse arriveranno più tardi . . . Peggio per loro, in ogni caso. E che ci mettiamo ad aspettarli, col rischio che corriamo?

Tutti dissero che non era il caso[5] di aspettarli.

of the *stori* and the *farme*, to the loving brothers, sisters, uncles, aunts, nephews, nieces, cousins, to the opulent, warm, spacious houses, to the motor cars as big as houses, to America.

It was costing them two hundred and fifty thousand lira each, half on departure and the balance on arrival. They kept the money strapped to their bodies under their shirts like a priest's scapular. They had sold all their saleable possessions in order to scrape the sum together: the house, the miserable plot of land, the mule, the ass, the year's store of provender, the chest of drawers, the counterpanes. The cunning ones among them had borrowed from the money-lenders with the secret intention of defrauding them, just this once, in return for the hardship they had been made to endure over the years by the usurers' greed, and drew immense satisfaction from imagining the expression on their faces when they heard the news. 'Come and see me in America, bloodsucker: I just may return your money – without interest – if you manage to find me.' Their dreams of America were awash with dollars. They would no longer keep their money in battered wallets or hidden under their shirts; it would be casually stuffed into trouser pockets to be drawn out in fistfuls as they had seen their relatives do; relatives who had left home as pitiable, half-starved creatures, shrivelled by the sun, to return after twenty or thirty years – for a brief holiday – with round, rosy faces that contrasted handsomely with their white hair.

Eleven o'clock came. Someone switched on an electric torch, the signal to those aboard the steamship to come and collect them. When the torch was switched off again, the darkness seemed thicker and more frightening than ever. But only a few minutes later, the obsessively regular breathing of the sea was overlaid with a more human, more domestic sound, almost like buckets being rhythmically filled and emptied. Next came a low murmur of voices, then, before they realized that the boat had touched the shore, the man they knew as Signor Melfa, the organizer of their journey, was standing in front of them.

'Are we all here?' asked Signor Melfa. He counted them by the light of a torch. There were two missing. 'They may have changed their minds, or they may be arriving late . . . Either way, it's their tough luck. Should we risk our necks by waiting for them?'

They were all agreed that this was unnecessary.

– Se qualcuno di voi non ha il contante pronto – ammonì il
signor Melfa – è meglio si metta la strada tra le gambe e se ne
torni a casa: ché⁶ se pensa di farmi a bordo la sorpresa, sbaglia
di grosso; io vi riporto a terra com'è vero dio, tutti quanti siete.
E che per uno debbano pagare tutti, non è cosa giusta: e dunque chi ne avrà colpa la pagherà per mano mia e per mano dei
compagni, una pestata che se ne ricorderà mentre campa; se gli
va bene . . .

Tutti assicurarono e giurarono che il contante c'era, fino
all'ultimo soldo.

– In barca – disse il signor Melfa. E di colpo ciascuno dei partenti
diventò una informe massa, un confuso grappolo di bagagli.

– Cristo! E che vi siete portata la casa appresso? – cominciò a
sgranare bestemmie, e finì quando tutto il carico, uomini e bagagli, si ammucchiò nella barca: col rischio che un uomo o un
fagotto ne traboccasse fuori. E la differenza tra un uomo e un
fagotto era per il signor Melfa nel fatto che l'uomo si portava
appresso le duecentocinquantamila lire; addosso, cucite nella
giacca o tra la camicia e la pelle. Li conosceva, lui, li conosceva
bene: questi contadini zaurri,⁷ questi villani.

Il viaggio durò meno del previsto: undici notti, quella della partenza compresa. E contavano le notti invece che i giorni, poiché
le notti erano di atroce promiscuità, soffocanti. Si sentivano
immersi nell'odore di pesce di nafta e di vomito come in un
liquido caldo nero bitume. Ne grondavano all'alba, stremati,
quando salivano ad abbeverarsi di luce e di vento. Ma come
l'idea del mare era per loro il piano verdeggiante di messe
quando il vento lo sommuove, il mare vero li atterriva: e le
viscere gli si strizzavano, gli occhi dolorosamente verminavano
di luce se appena indugiavano a guardare.

Ma all'undicesima notte il signor Melfa li chiamò in coperta:
e credettero dapprima che fitte costellazioni fossero scese al
mare come greggi; ed erano invece paesi, paesi della ricca
America che come gioielli brillavano nella notte. E la notte
stessa era un incanto: serena e dolce, una mezza luna che

'If anyone's not got his money ready,' warned Signor Melfa,
'he'd better skip out now and go back home. He'd be making a big
mistake if he thought he could spring that one on me when we're
aboard; God's truth, I'd put the whole lot of you ashore again. And,
as it's hardly fair that everyone should suffer for the sake of one
man, the guilty party would get what's coming to him from me and
from all of us; he'd be taught a lesson that he'd remember for the
rest of his life – if he's that lucky.'

They all assured him, with the most solemn oaths, that they had
their money ready, down to the last lira.

'All aboard,' said Signor Melfa. Immediately each individual
became a shapeless mass, a heaving cluster of baggage.

'Jesus Christ! Have you brought the whole house with you?' A
torrent of oaths poured out, only ceasing when the entire load, men
and baggage, was piled on board – a task accomplished not without
considerable risk to life and property. And for Melfa the only difference between the man and the bundle lay in the fact that the man
carried on his person the two hundred and fifty thousand lira, sewn
into his jacket or strapped to his chest. He knew these men well, did
Signor Melfa, these insignificant peasants with their rustic mentality.

The voyage took less time than they expected, lasting eleven nights
including that of the departure. They counted the nights rather than
the days because it was at night that they suffered so appallingly in
the overcrowded, suffocating quarters. The stench of fish, diesel oil
and vomit enveloped them as if they had been immersed in a tub of
hot, liquid black tar. At dawn they streamed up on deck, exhausted,
hungry for light and air. But if their image of the sea had been a vast
expanse of green corn rippling in the wind, the reality terrified them:
their stomachs heaved and their eyes watered and smarted if they so
much as tried to look at it.

But on the eleventh night they were summoned on deck by Signor
Melfa. At first they had the impression that dense constellations had
descended like flocks on to the sea; then it dawned upon them that
these were in fact towns, the towns of America, the land of plenty, shining like jewels in the night. And the night itself was of an enchanting

trascorreva tra una trasparente fauna di nuvole, una brezza che
dislagava i polmoni.

– Ecco l'America – disse il signor Melfa.

– Non c'è pericolo che sia un altro posto? – domandò uno:
poiché per tutto il viaggio aveva pensato che nel mare non ci
sono né strade né trazzere, ed era da dio fare la via giusta, senza
sgarrare, conducendo una nave tra cielo ed acqua.

Il signor Melfa lo guardò con compassione, domandò a tutti

– E lo avete mai visto, dalle vostre parti, un orizzonte come
questo? E non lo sentite che l'aria è diversa? Non vedete come
splendono questi paesi?

Tutti convennero, con compassione e risentimento guardarono
quel loro compagno che aveva osato una così stupida domanda.

– Liquidiamo il conto – disse il signor Melfa.

Si frugarono sotto la camicia, tirarono fuori i soldi.

– Preparate le vostre cose – disse il signor Melfa dopo avere
incassato.

Gli ci vollero pochi minuti: avendo quasi consumato le provviste di viaggio, che per patto avevano dovuto portarsi, non
restava loro che un po' di biancheria e i regali per i parenti
d'America: qualche forma di pecorino[8] qualche bottiglia di vino
vecchio qualche ricamo da mettere in centro alla tavola o alle
spalliere dei sofà. Scesero nella barca leggeri leggeri, ridendo e
canticchiando; e uno si mise a cantare a gola aperta, appena la
barca si mosse.

– E dunque non avete capito niente? – si arrabbiò il signor
Melfa. – E dunque mi volete fare passare il guaio? . . . Appena
vi avrò lasciati a terra potete correre dal primo sbirro[9] che incon-
trate, e farvi rimpatriare con la prima corsa: io me ne fotto,
ognuno è libero di ammazzarsi come vuole . . . E poi, sono stato
ai patti: qui c'è l'America, il dover mio di buttarvici l'ho assolto
. . . Ma datemi il tempo di tornare a bordo, Cristo di Dio!

Gli diedero più del tempo di tornare a bordo: ché rimasero seduti
sulla fresca sabbia, indecisi, senza saper che fare, benedicendo e
maledicendo la notte: la cui protezione, mentre stavano fermi sulla

beauty, clear and sweet, with a crescent moon slipping through transparent wisps of cloud and a breeze that was elixir to the lungs.

'This is America,' said Signor Melfa.

'Are you sure it isn't some other place?' asked a man who, throughout the voyage, had been musing over the fact that there were neither roads nor even tracks across the sea, and that it was left to the Almighty to steer a ship without error between sky and water to its destination.

Signor Melfa gave the man a pitying look before turning to the others. 'Have you ever,' he asked, 'seen a sky-line like this in your part of the world? Can't you feel that the air is different? Can't you see the brilliance of these cities?'

They all agreed with him and shot looks full of pity and scorn at their companion for having ventured such a stupid question.

'Time to settle up,' said Signor Melfa.

Fumbling beneath their shirts, they pulled out the money.

'Get your things together,' ordered Signor Melfa when he had put the money away.

This took only a few minutes. The provisions that, by agreement, they had brought with them, were all eaten and all that they now had left were a few items of clothing and the presents intended for their relatives in America: a few rounds of Pecorino cheese, a few bottles of well-aged wine, some embroidered table-centres and antimacassars. They climbed down merrily into the boat, laughing and humming snatches of song. One man even began to sing at the top of his voice as soon as the boat began to move off.

'Don't you ever understand a word I say?' asked Melfa angrily. 'Do you want to see me arrested? . . . As soon as I've left you on the shore you can run up to the first cop you see and ask to be repatriated on the spot; I don't give a damn: everyone's free to bump himself off any way he likes . . . But I've kept my side of the bargain; I said I'd dump you in America, and there it is in front of you . . . But give me time to get back on board, for Crissake!'

They gave him time and enough to spare, for they remained sitting on the cool sand, not knowing what to do next, both blessing and cursing the night whose darkness provided a welcome mantle

spiaggia, si sarebbe mutata in terribile agguato se avessero osato allontanarsene.

Il signor Melfa aveva raccomandato – sparpagliatevi – ma nessuno se la sentiva di dividersi dagli altri. E Trenton chi sa quant'era lontana, chi sa quanto ci voleva per arrivarci.

Sentirono, lontano e irreale, un canto. Sembra un carrettiere nostro, pensarono: e che il mondo è ovunque lo stesso, ovunque l'uomo spreme in canto la stessa malinconia, la stessa pena. Ma erano in America, le città che baluginavano dietro l'orizzonte di sabbia e d'alberi erano città dell'America.

Due di loro decisero di andare in avanscoperta. Camminarono in direzione della luce che il paese più vicino riverberava nel cielo. Trovarono quasi subito la strada: asfaltata, ben tenuta: qui è diverso che da noi, ma per la verità se l'aspettavano più ampia, più dritta. Se ne tennero fuori, ad evitare incontri: la seguivano camminando tra gli alberi.

Passò un'automobile: «pare una seicento»; e poi un'altra che pareva una millecento, e un'altra ancora: le nostre macchine loro le tengono per capriccio, le comprano ai ragazzi come da noi le biciclette. Poi passarono, assordanti, due motociclette, una dietro l'altra. Era la polizia, non c'era da sbagliare: meno male che si erano tenuti fuori della strada.

Ed ecco che finalmente c'erano le frecce. Guardarono avanti e indietro, entrarono nella strada, si avvicinarono a leggere: SANTA CROCE CAMARINA – SCOGLITTI.[10]

– Santa Croce Camarina: non mi è nuovo, questo nome.

– Pare anche a me; e nemmeno Scoglitti mi è nuovo.

– Forse qualcuno dei nostri parenti ci abitava, forse mio zio prima di trasferirsi a Filadelfia: ché io ricordo stava in un'altra città, prima di passare a Filadelfia.

– Anche mio fratello: stava in un altro posto, prima di andarsene a Brucchilin . . . Ma come si chiamasse, proprio non lo ricordo: e poi, noi leggiamo Santa Croce Camarina, leggiamo

while they remained huddled on the shore, but seemed so full of menace when they thought of venturing further afield.

Signor Melfa had advised them to disperse, but no one liked the idea of separation from the others. They had no idea how far they were from Trenton nor how long it would take them to reach it.

They heard a distant sound of singing, very far away and unreal. 'It could almost be one of our own carters,' they thought, and mused upon the way that men the world over expressed the same longings and the same griefs in their songs. But they were in America now, and the lights that twinkled beyond the immediate horizon of sand-dunes and trees were the lights of American cities.

Two of them decided to reconnoitre. They walked in the direction of the nearest town whose lights they could see reflected in the sky. Almost immediately they came to a road. They remarked that it had a good surface, well maintained, so different from the roads back home, but to tell the truth they found it neither as wide nor as straight as they had expected. In order to avoid being seen, they walked beside the road, a few yards away from it, keeping in the trees.

A car passed them. One of them said: 'That looked just like a Fiat 600.' Another passed that looked like a Fiat 1100, and yet another. 'They use our cars for fun, they buy them for their kids like we buy bicycles for ours.' Two motorcycles passed with a deafening roar. Police, without a doubt. The two congratulated themselves on having stayed clear of the road.

At last they came to a roadsign. Having checked carefully in both directions, they emerged to read the lettering: SANTA CROCE CAMAR-INA − SCOGLITTI.

'Santa Croce Camarina . . . I seem to have heard that name before.'

'Right; and I've heard of Scoglitti, too.'

'Perhaps one of my family used to live there, it might have been my uncle before he moved to Philadelphia. I seem to remember that he spent some time in another town before going to Philadelphia.'

'My brother, too, lived in some other place before he settled in Brooklyn . . . I can't remember exactly what it was called. And, of course, although we may read the name as Santa Croce Camarina

Scoglitti; ma come leggono loro non lo sappiamo, l'americano non si legge come è scritto.

– Già, il bello dell'italiano è questo: che tu come è scritto lo leggi . . . Ma non è che possiamo passare qui la nottata, bisogna farsi coraggio . . . Io la prima macchina che passa, là fermo: domanderò solo «Trenton?» . . . Qui la gente è più educata . . . Anche a non capire quello che dice, gli scapperà un gesto, un segnale: e almeno capiremo da che parte è, questa maledetta Trenton.

Dalla curva, a venti metri, sbucò una cinquecento: l'automobilista se li vide guizzare davanti, le mani alzate a fermarlo. Frenò bestemmiando: non pensò a una rapina, ché la zona era tra le più calme; credette volessero un passaggio, aprì lo sportello.

– Trenton? – domandò uno dei due.

– Che? – fece l'automobilista.

– Trenton?

– Che trenton della madonna[11] – imprecò l'uomo dell'automobile.

– Parla italiano – si dissero i due, guardandosi per consultarsi: se non era il caso di rivelare a un compatriota la loro condizione.

L'automobilista chiuse lo sportello, rimise in moto. L'automobile balzò in avanti; e solo allora gridò ai due che rimanevano sulla strada come statue – ubriaconi,[12] cornuti[13] ubriaconi, cornuti e figli di[14] . . . – il resto si perse nella corsa.

Il silenzio dilagò.

– Mi sto ricordando – disse dopo un momento quello cui il nome di Santa Croce non suonava nuovo – a Santa Croce Camarina, un'annata che dalle nostre parti andò male, mio padre ci venne per la mietitura.

Si buttarono come schiantati sull'orlo della cunetta: ché non c'era fretta di portare agli altri la notizia che erano sbarcati in Sicilia.

or Scoglitti, we don't know how the Americans read it; American
isn't pronounced the way it's spelt.'

'You're right; that's why Italian's so easy, you read it exactly how it's
written . . . But we can't stay here all night, we'll have to take a chance
. . . I shall stop the next car that comes along; all I've got to say is
"Trenton?" . . . The people are more polite here . . . Even if we don't
understand what they say, they'll point or make some kind of sign and
at least we'll know in what direction we have to go to find this blasted
Trenton.'

The Fiat 500 came round the bend in the road about twenty yards
from where they stood, the driver braking when he saw them with their
hands out to stop him. He pulled up, cursing. There was little danger of a
hold-up, he knew, because this was one of the quietest parts of the country,
so, expecting to be asked for a lift, he opened the passenger door.

'Trenton?' the man asked.

'*Che?*' said the driver.

'Trenton?'

'*Che trenton della madonna,*' the driver exclaimed, cursing.

The two men looked at each other, seeking the answer to the
same unspoken question: seeing that he speaks Italian, wouldn't it be
best to tell him the whole story?

The driver slammed the car door and started the engine. As he
put his foot on the accelerator he shouted at the two men who were
standing in the road like statues: '*Ubriaconi, cornuti ubriaconi, cornuti e
figli di* . . .' The last words were drowned by the noise of the engine.

Silence descended once more.

After a moment or two, the man to whom the name of Santa
Croce had seemed familiar said: 'I've just remembered something.
One year when the crops failed around our parts, my father went to
Santa Croce Camarina to work during the harvest.'

As if they had had a rug jerked out from beneath their feet, they collapsed on to the grass beside the ditch. There was, after all, no need to
hurry back to the others with the news that they had landed in Sicily.

Italy

GOFFREDO PARISE

Translated by Nick Roberts

Italia

Un giorno di settembre sotto un'aria che sapeva di mucche e di vino due italiani di nome Maria e Giovanni si sposarono in una chiesa romanica già piena di aria fredda con pezzi di affreschi alti sui muri di mattoni: raffiguravano il poeta Dante Alighieri, piccolissimo, inginocchiato davanti a un papa enorme e molto scrostato, seduto sul trono. C'era anche un cagnolino nero. La chiesa appariva in quegli anni lontani solitaria nel mezzo di una pianura di granoturco e aveva accanto uno stagno con anatre e oche grandi e piccole.

Entrambi erano giovani, Maria aveva diciotto anni, Giovanni venticinque, si conoscevano fin da ragazzi, anche le famiglie si conoscevano e avevano una discreta fiducia fra loro. Il padre di Giovanni disse al figlio, subito dopo le nozze: «Non fidarti di nessuno. Tutti dicono che l'onore non conta niente e invece conta più della vita. Senza onore nessuno ti rispetta». Strano discorso il giorno delle nozze ma Giovanni capì benissimo anche senza capirlo il discorso del padre, che tutti credevano un bonaccione.

Giovanni e Maria erano visibilmente italiani, bruni, con bei denti bianchi, Maria aveva seni molto belli e capelli castano scuri che da ragazza teneva pettinati in due lunghe e grosse trecce. Poi gli tagliò corti. Giovanni era di statura piccolo e tutto muscoli e nervi; Maria, pure non essendo affatto grassa, era un poco rotonda, nel volto, nei seni, nel sedere: ma aveva la vita stretta e il punto esatto della vita formava come una piega di carne da cui partivano le anche, il ventre convesso ed elastico e il sedere alto sulla curva della schiena. La sua carne era solida e i peli,[1] le sopracciglia, le ciglia erano nerissimi, ricciuti, duri e lucenti. Aveva però mani piccole e magre.

Italy

One September day, with the smell of cows and wine in the air, two Italians named Maria and Giovanni were married in a Romanesque church already filled with cold autumn air; high on the stone walls were sections of frescos depicting the tiny figure of the poet, Dante Alighieri, kneeling in front of a huge, very patchy Pope sitting on his throne. There was also a little black dog. In those distant years, the church appeared to stand alone in the middle of a plain of maize fields, and next to it there was a pond with ducks, geese and goslings.

Both were young: Maria was eighteen, Giovanni twenty-five. They had known each other since they were children; their families, too, were well acquainted and were prepared to show each other a fair amount of trust. Immediately after the wedding, Giovanni's father took his son to one side and said: 'Don't get too close to anyone. Everyone says that honour counts for nothing but it's actually more important than life itself. Without honour, nobody will respect you.' A strange thing to say on the day of one's wedding, but Giovanni knew full well what his father meant, without really understanding why, and, after all, his father was considered by all to be a good, honest man.

Giovanni and Maria were visibly Italian: dark, with gleaming white teeth. Maria had beautiful breasts and dark brown hair which as a young girl she used to wear in two thick plaits. Then she had it cut short. Giovanni was small in stature, all veins and muscle. Maria, without being at all fat, was round of face, breasts and buttocks, but she had a slim waist and her waistline formed a kind of fold of flesh above her hips, her round, supple belly and her buttocks, high up at the bottom of her spine. Her skin was firm, her body hair, eyebrows and eyelashes shining black, curly and wiry. But she had small, thin hands.

Non ricordavano più quando avevano cominciato a 'fare peccato' ma certo erano giovanissimi, Maria avrà avuto tredici anni. Si baciavano molto nelle sere di primavera, accanto a piccole sorgenti in una cava di tufo, nascoste tra ciuffi di capelvenere che sgocciolavano e sapevano odore di umidità e di terra. Certe volte, di giorno, durante l'estate, andavano a fare il bagno in un torrente molto vasto con ciottoli arroventati e pozze gelide, tra sole e cespugli coperti di polvere bianca. Deve essere stato tra quei cespugli e forse vicino alla sorgente, ma tutto è molto confuso dato il tempo passato. Maria pianse un paio di volte, non si sa bene il perché dal momento che lo stringeva molto, abbracciata con le braccia e anche con le gambe tra le stelle e lo sgocciolio del capelvenere.

Cominciarono ad amare molto i loro odori e sapori. Spesso, d'estate, Maria aveva la pelle che sapeva di sale e Giovanni, dopo il bagno nel torrente, aveva i capelli profumati di cioccolato. Molti erano gli odori e i sapori che piacevano uno all'altro come l'odore delle barene nella laguna di Venezia, il sapore del cocomero, più di tutto il sapore del pane e quello delle patate fritte. Erano troppo giovani: non avevano ancora imparato ad amare l'odore delle erbe, la mentuccia, il rosmarino, la salvia, l'aglio, avrebbero cominciato ad amarli più tardi. Anche l'olio di oliva lo amarono più tardi, in età matura. In quell'età cominciarono a mangiare più spesso pesce e a provare piacere nelle acque profonde dei mari del sud dell'Italia.

Avevano molto il senso dell'onore di cui aveva parlato il padre di Giovanni il giorno del matrimonio: l'onore significava la fedeltà uno all'altro, il non dire mai nulla di sé che non fosse stato uno dei due e non ad altri. Per antica abitudine sapevano che l'onore non avrebbe permesso a nessuno di non rispettarli, ad entrambi per questo piaceva molto dormire insieme la notte nello stesso letto. Affondavano in un sonno profondo protetti dalla forza dell'onore fra i loro odori e sapori perché in quegli anni, e per educazione, non si lavavano enormemente come oggi, ma moderatamente, il 'necessario'. Oggi si direbbe di loro che erano 'sporchi'.

Passarono gli anni, erano sempre anni di gioventù e dunque

They could no longer remember when it was that they had begun to 'sin', but they knew that they had been very young: Maria must have been thirteen. They would kiss at length on spring evenings by little springs in a tufa quarry, hidden amongst tufts of dripping maidenhair fern which smelt of damp and soil. Sometimes, during the day in summer, they would go and bathe in a wide stream, moving from pebbles scorched by the sun to pools of ice-cold water protected by the shade of bushes covered in white dust. It must have happened somewhere amongst those bushes, perhaps by the spring, but the passing of time had ensured that their memories were blurred. Maria wept a couple of times – it was hard to say precisely why, for she was embracing him passionately, their arms and legs intertwined amidst the light of the stars and the dripping of the maidenhair fern.

They began to enjoy the smell and the taste of each other. Often, in summer, Maria's skin would smell of salt, and after bathing in the stream, Giovanni's hair would smell of chocolate. The smells and tastes which they each enjoyed were many: the smell of the sand-banks in the Venetian lagoon, the taste of water melon, and more than anything else the taste of bread and of fried potatoes. They were too young: they hadn't yet learnt to enjoy the smell of herbs – mint, rosemary, sage, garlic; they were to begin to enjoy these later on. Also olive oil, which they would only appreciate later, at a riper age. For the moment, they were content to eat fish more often and to find pleasure in the deep waters of southern Italy's seas.

They had a strong sense of the honour to which Giovanni's father had referred on the day of their wedding. Honour meant being faithful to each other, never saying anything about themselves except to each other and never to others. This deeply engrained mentality assured them that honour would not allow anyone to show them anything other than re-spect, and for this reason they both adored sleeping together at night in the same bed. They would sink into a deep sleep, protected by the strength of their honour and reassured by each other's smells and tastes, for in those days, and because of the way in which they had been brought up, they didn't wash as thoroughly as one might today, but only in moderation, 'as much as was necessary'. Nowadays one would say that they were 'dirty'.

The years passed, still years of youth, so it was as if they didn't

era come se non passassero perché nulla cambiava in loro
essendo profondamente radicati alla loro regione anche se avevano cominciato a viaggiare. Le altre regioni d'Italia erano un
po' come stati esteri, ma piano piano capirono che i cittadini di
quegli stati esteri erano anche essi italiani e che tutti, ognuno in
un modo diverso, erano come avvolti in un loro onore regio-
nale. Spesso avevano momenti di silenzio entrambi, non sapevano cosa dirsi e Giovanni come un ragazzino con un amico
prendeva la mano di Maria e con l'altra mano le batteva colpetti sul dorso.[2] Questa era la 'confidenza' così vicina e simile
all'onore: capirono come era vero che la sola persona di cui
potevano fidarsi era l'uno e l'altra. Non che avessero un'idea
precisa dell'istituto della famiglia o del matrimonio così come si
intende, avevano semplicemente la pratica della vita insieme e
la sempre più grande coscienza che degli altri, italiani come
loro, ci si poteva fidare sì, abbastanza, ma non molto, meglio
poco. Cosa significava 'fidarsi'?

Non lo sapevano bene perché erano ancora giovani, e
qualche volta erano tentati di 'fidarsi' ma era una cosa vaga,
l'opposto di un'altra cosa vaga che era il tradimento, per cui il
rapporto con le altre persone, anche con i loro amici d'infanzia,
era molto sincero ma nessuno dei due diceva tutto: bisognava
tacere per vivere.

Ebbero un bambino che chiamarono Francesco. Erano
'dotati' per vivere, avevano quel genio italiano, ma non di tutti
gli italiani, di muoversi, di camminare e di sorridere che è
come bagnato dal mare Mediterraneo. Il sole dell'Adriatico fa
molto ma non è come il mare Mediterraneo nei corpi e nelle
movenze delle persone veramente italiane. Questo dava loro
un forte senso di familiarità, anche come fratello e sorella, e di
sempre maggiore complicità. La complicità era dovuta a una
grande naturalezza forse nata da matrimoni fra bisnonni ed
avi[3] ed è legata ai movimenti comuni che si fanno in gioventù
nella stessa terra quando si mangia e si dorme vicini in casa e
ad un'aria di famiglia che in quegli anni moltissimi italiani
avevano.

pass because even though they had begun to travel, the fact that they were so deeply rooted in their own region meant that nothing could change their way of seeing things. The other regions of Italy were rather like foreign states, but they gradually began to understand that the inhabitants of those foreign states were also Italian and that they too, each in a different way, were all, as it were, wrapped up in their own form of regional honour. Not always knowing what to say to each other, they often spent their time together in silence, and Giovanni, like a little boy with a friend, would take Maria's hand and gently stroke it with his other hand. This constituted a moment of 'intimacy', which was so similar to honour. They understood how true it was that the only people they could trust were each other. Not that they had a clear idea of the family as an institution or of marriage in its accepted sense; they had simply learnt from living together and from an increasing awareness that it might be possible to have some degree of trust in other people, Italians like themselves, but not much, or better still, only a little. But what did 'trust' mean?

They didn't really know because they were still young. Sometimes they were tempted to 'trust' other people, but it was a vague notion, the opposite of another vague notion which was betrayal, and so their relationship with other people, even their childhood friends, was very sincere, but neither of them would tell all: they had to keep things to themselves in order to live.

They had a son whom they called Francesco. They had a 'talent' for living; they had that Italian gift – which not all Italians have, however – for living, for moving, for walking and for smiling which was bestowed upon them by the waters of the Mediterranean sea. The Adriatic sun does a lot, but it does not have the same effect as the Mediterranean on the bodies and movements of truly Italian people. This gave them a strong sense of familiarity, the familiarity of brother and sister, and of ever-increasing complicity. This complicity came from a great sense of naturalness, which perhaps stemmed from marriages between great-grandparents and other ancestors, and is linked to the actions that young people in the same land have in common when they eat and sleep under the same roof, and the sense of family which very many Italians felt at that time.

Giovanni conservava nel corpo, come del resto Maria, i muscoli, i nervi, i sonni e la fame di un ragazzo, Francesco era come lui. Certe volte gli amici prendevano in giro Giovanni perché durante il lavoro si stringeva nel suo camice, seduto accanto ad uno al microscopio, gli appoggiava il capo su una spalla e dormiva. Aveva una testa piccola con molti capelli arruffati e così dormendo teneva le mani intrecciate in grembo. Era molto distratto, nuotava e sciava bene, ma di colpo si stancava, certe volte quando era distratto e mangiava alla mensa in distrazione, masticava come uno che non sente nessun sapore e teneva gli occhi fissi al pensiero, non dentro di sé, guardando e parlando col pensiero, ma come se il pensiero fosse una persona, seduto o lontano da lui, sola.

Non litigavano mai. Maria non ebbe mai un altro uomo e Giovanni non ebbe mai un'altra donna. Non ebbero mai questioni di gelosia in quanto si amavano in modo sempre diverso col passare del tempo e sempre pensando ognuno all'onore dell'altro. Giovanni ogni tanto si arrabbiava, allora diventava pallido, perdeva la voce e si picchiava la testa per non dare i pugni in testa a Maria. Si arrabbiava perché Maria era permalosa di carattere, si incupiva, piangeva disperatamente con il moccio come i bambini.

Ebbero una bambina che chiamarono Silvia come la nonna di Giovanni, era nata con un leggero difetto all'anca per cui diventando grande zoppicava un po', pochissimo. I genitori se ne crucciarono molto ma quando Silvia ebbe tredici anni e cominciò a mostrare tutta la sua bellezza tra russa e tartara, non ebbero più crucci. Quel lieve zoppicare quasi non si vedeva e dava a Silvia quello che moltissime altre donne non avevano.

Ormai non erano più giovani ma la loro pelle, la carne, la saliva e i capelli erano ancora abbastanza giovani. Giovanni era invecchiato nel volto, aveva dei capelli grigi, le borse sotto gli occhi e due pieghe dure ai lati del piccolo naso infantile. Maria non era ingrassata, ma aveva anche lei qualche capello grigio e i seni e la carne non erano più veramente quelli: non c'era più la durezza. Giovanni che li toccava sempre fin da ragazzo per

Giovanni retained in his body, as indeed did Maria, the muscles, the nerves, the sleep and the hunger of a young boy. Francesco was like him. On occasions Giovanni's friends would make fun of him because at work he would wrap his lab coat round him, sitting next to a colleague at a microscope, rest his head on his colleague's shoulder and sleep. He had a small head with ruffled hair, and as he slept his hands would be clasped together on his lap. He was very absent-minded – he swam and skied well, but all of a sudden he would get tired. Sometimes, whilst eating in the canteen, he would let his thoughts wander, chewing his food like someone without the faculty of taste and would stare at his thoughts, not looking in on himself and talking to them, but as if his thoughts were a person, sitting opposite him, or some distance away, alone.

They never argued. Maria never had another man and Giovanni never had another woman. They never had problems of jealousy since with the passing of time, they learnt to love each other in different ways, the one always thinking about the honour of the other. Giovanni would get angry from time to time: then he would become pale, lose his voice and hit his own head so as not to find himself hitting Maria. He got angry because Maria had an irritable character: she would sulk and snivel like a child.

They had a daughter whom they called Silvia after Giovanni's grandfather. She had been born with a minor hip problem, and as a result, as she grew, she limped slightly, ever so slightly. Her parents worried terribly, but when she was thirteen and began to show her half-Russian, half-Tartaric beauty, they stopped fretting. That slight limp was almost imperceptible and gave Silvia something that very many other women didn't have.

By now they were no longer young, but their skin, flesh, saliva and hair still retained their youthfulness. Giovanni's face looked older – he had grey hair, bags under his eyes and two deep lines at the sides of his childlike nose. Maria hadn't become fat, but she too had a few grey hairs, and her breasts and flesh were no longer what they had been: they had lost their firmness. Giovanni, who had always touched her breasts ever since he had been a boy, both for fun and for real,

scherzo e sul serio smise di farlo per discrezione. Maria capì
questa discrezione ma il capirlo fu una cosa oscura e ogni
tanto, guardandosi allo specchio e nel bagno, nuda, diceva tra
sé a voce alta: «Sono vecchia». E si copriva anche a se stessa,
perché la gioventù se n'era andata.

Ogni estate andavano al mare e qualche volta facevano dei
viaggi in Italia. Nella loro mente Capua[4] veniva immediatamente prima di Porta Capuana[5] perché videro entrambi i luo-
ghi uno dopo l'altro: ricordavano Cuma[6] e le zolfare. Quei
viaggi in Italia rimasero ben netti nella loro mente anche se
ogni anno che passava i loro sensi avevano sempre minor forza:
gli odori dell'aria, il sapore dei cibi e le profondità dei mari
erano ogni anno meno sorprendenti anche se più dolci alla
vista e ancora più dolci al pensiero e al ricordo. Essi non lo
sapevano ma una leggerissima stanchezza nei sensi, cioè nella
vita, si era infiltrata nei loro corpi e nei loro pensieri. Passarono
altri anni, rapidamente quanto lentamente passava un giorno
della loro gioventù lontana, Silvia era molto amata, una delle
donne più amate d'Italia e Francesco diventò dirigente sinda-
cale di un partito politico da giovanissimo: era un idealista.

Un giorno Giovanni a un collega francese che si preoccupava
delle sorti dell'Italia disse: «*Tout se tient en Italie*».[7]

«Sì, ma per quanto tempo?»

«Per sempre.»

Così dicendo Giovanni (era sera in un ristorante di piazza
Santa Maria in Trastevere[8] a Roma, tra luci, lampi e scintillii
di oro) vide come illuminarsi davanti a sé l'intero territorio
italiano e gli parve che chiese, torri, cupole, ruderi e forre,
campagne e oliveti ventosi cucinassero al sole, circondati dal
mare. L'omertà[9] era un concetto difficile da spiegare a uno
straniero e Giovanni lasciò perdere.

Giovanni e Maria invecchiarono di colpo ma, come sempre, per
quella misericordiosa stanchezza che avevano entrambi ereditato
dalle illusioni infinite della Chiesa cattolica senza saperlo, nessuno
dei due se ne accorse veramente. Nessuno dei due si accorse di

stopped doing so for the sake of discretion. Maria understood this discretion, but her understanding was a vague one, and every now and then, as she looked at herself in the mirror and in the bath, naked, she would say to herself out loud: 'I'm old.' And she would cover herself up, even when alone, because her youth had gone away.

Every summer they would go to the coast, and sometimes they would visit other towns in Italy. In their minds, Capua came immediately before Porta Capuana because they visited the one immediately after the other; they remembered Cuma and the sulphur mines. Those journeys around Italy remained clear in their minds, even if their senses became weaker with every year that passed; the smells in the air, the taste of different foods and the depths of the sea became less remarkable for them every year, even if the sight of them was sweeter and the thought and memory sweeter still. They didn't know it, but a slight tiredness was taking hold of their senses, that is to say their lives; it had seeped into their bodies and thoughts. More years passed, as quickly as a single day in their distant youth had passed slowly. Silvia was loved by many, one of the most loved women in Italy, and Francesco became a trade union leader of a political party at a very young age: he was an idealist.

One day, Giovanni said to a French colleague who was worried about the fate of Italy: '*Tout se tient en Italie.*'

'Yes, but for how long?'

'For ever.'

As he said this (it was evening in a restaurant off Piazza Santa Maria in Trastevere, in Rome; bright, golden lights were sparkling and flashing), Giovanni felt as if he could see the entire land of Italy lighting up in front of him, as if churches, towers, domes, ruins, ravines, fields and windy olive groves were bathing in the sun, surrounded by the sea. *Omertà* was a difficult concept to explain to a foreigner, and Giovanni let the matter go.

Giovanni and Maria grew old suddenly but, as always, on account of that compassionate tiredness which they had both inherited from the countless illusions of the Catholic Church without knowing it, neither of them really noticed. Neither of them noticed that it had

avere già vissuto tutta la vita da qualche tempo ormai e non
parve a loro di vedere i cieli di Roma al mattino, il pomeriggio
al Lido di Venezia quando i bagnini cominciano ad avvolgere le
tende per la notte, o le palme di agosto a piazza di Spagna,[10]
per le ultime volte. Maria andava a San Pietro. Non era mai
stata in chiesa se non da ragazza ma ora le piaceva andare a
San Pietro, senza pregare ma per guardare gli altari, l'arco della
piazza, sentire l'odore dell'incenso e vedere il Papa dire Messa:
il figlio la prendeva in giro e Maria rideva con gli occhi con gli
stessi denti bianchi da negretta di quando era ragazza.

Maria si accorse un giorno di giugno che parlando
perdeva le frasi che rimanevano nel pensiero e si esprimeva
in modo confuso e spesso incomprensibile. Quando la
udì dire quelle frasi senza senso Giovanni si fece molto
serio e lo prese un dolore infinito[11] perché capì che
sarebbe morta. Infatti Maria morì e di lei non rimase nulla
in casa.

Giovanni visse ancora undici anni: camminava molto e lavorò
sempre, ma la cosa si era rotta e la vita continuò a passare
anche dopo, anche dopo che morì Giovanni e nessuno vedeva
più i due sposi da tanto tempo. Rimanevano però Silvia e
Francesco che a loro volta avevano figli grandi. La figlia di
Francesco si chiamava Maria, come la nonna, e come lei aveva
piccole labbra color corallo e denti molto bianchi.

been some time since they had stopped living their life, and neither of them felt that they were seeing the Rome sky in the morning, the Venice Lido in the afternoon, when the bathing attendants begin to wrap up the awnings for the night, or the palm trees in the Piazza di Spagna in August for the last time. Maria began to go to St Peter's. She had never been to church except as a child, but now she liked to go to St Peter's, not to pray, but to look at the altars and the arc of the piazza, to smell the incense and to see the Pope celebrating mass. Her son made fun of her and Maria smiled with the white teeth of a black girl, just as she did when she was a young girl.

One June day, Maria noticed that as she spoke, she was losing track of sentences which nevertheless remained in her thoughts, and that she was expressing herself in a confused and often incomprehensible manner. On hearing her incoherent speech, Giovanni became very serious and was overcome by infinite sorrow because he understood that she was going to die. Maria did indeed die and none of her belongings remained in the house.

Giovanni lived for eleven more years: he walked a lot and continued to work, but it was really all over for him. Life went on all the same, even after Giovanni died and the couple had not been seen for a long time. Silvia and Francesco remained, however, and they, in turn, had children who grew up. Francesco's daughter was called Maria, like her grandmother, and like her she had small lips the colour of coral and gleaming white teeth.

The Girl with the Plait

DACIA MARAINI

Translated by Sharon Wood

La ragazza con la treccia

Una ragazza di quindici anni che cammina su per via Bruno Buozzi. Ha il passo rapido e indeciso. Cammina curva su se stessa un pensiero recondito nascosto sotto l'arco delle ciglia. Potete immaginarla; non tanto alta, qualcosa di sbilenco nelle gambe lunghe e magre, le spalle larghe, il collo sottile, la testa minuta. Ha la vita esile, la ragazza che immaginate, tanto che in collegio[1] la chiamavano 'formica' per quel giro di vita da stringere con due mani. I capelli sono bruni e scendono stretti in una sola treccia al centro della schiena.

La ragazza è arrivata in città da pochi mesi scendendo da un paese in mezzo alle montagne. E le strade di Roma sono per lei così lunghe che rischia di perdersi, i caffè sono così luminosi che a volte li scambia per gioellerie, le case sono così alte che le danno la vertigine anche solo a guardarle.

Per tre anni la ragazza con la treccia è stata chiusa in un collegio di suore lassù fra le montagne. Con le compagne aveva sfilato, in riga per due, chiusa dentro una uniforme goffa di lana ruvida blu, per le strade del paese. Aveva guardato con struggimento il sole che spunta da dietro le rocce. Si era curata i geloni con la crema Nivea. Aveva amato moltissimo un cane che si chiamava Leone ed era morto di vecchiaia, cieco e sordo.

Quel giorno di maggio la ragazza con la treccia camminava per via Bruno Buozzi cercando un numero, il centotrentuno. Se lo ripeteva fra le labbra: uno, tre, uno, e poi, combinando i numeri: tredici, più uno, e ancora, cento più trenta più uno . . . centotrentuno . . . A quel numero avrebbe trovato il medico che l'avrebbe aiutato a . . . Non riusciva a dirselo, la lingua le si incollava al palato. Come poteva un corpo così acerbo ospitare

The Girl with the Plait

A fifteen-year-old girl is walking up Via Bruno Buozzi. Her steps are quick but uncertain. She walks slightly hunched over, a secret thought concealed beneath the arch of her brow. You can just imagine her – not particularly tall, long, skinny legs just a shade crooked, wide shoulders, slender neck, tiny head. She has a narrow waist, the girl you are imagining, so narrow that at school they used to call her 'ant' because of her waist that you could get your two hands around. Her hair is brown and falls in a single plait straight down the middle of her back.

The girl came to the city just a few months ago, from a small mountain village. The roads in Rome are so long that she is in danger of getting lost, the cafés and bars so bright that sometimes she mistakes them for jewellers, the houses are so high that just look-ing at them makes her dizzy.

For three years the girl was shut away in a school run by nuns up there in the mountains. Stuffed into a shapeless uniform of rough blue wool, she had walked up and down the streets of the village in a crocodile with her classmates. She had looked longingly at the sun peeping out from behind the rocks. She had treated her chilblains with Nivea cream. She had adored a dog called Leo which had died, deaf and blind, from old age.

That day in May the girl with the plait was walking up Via Bruno Buozzi looking for number one hundred and thirty-one. She re-peated the number to herself: one, three, one, and then, putting the numbers together in different ways, thirteen plus one, or one hun-dred plus thirty, plus one . . . one hundred and thirty-one. That was the number where she would find the doctor who would help her to . . . She couldn't say it to herself, her tongue got stuck to the roof of her mouth. How could such an immature body harbour another

un altro corpo ancora più acerbo, tanto acerbo da non avere
ancora una forma riconoscibile? Una creatura che pure sentiva
in qualche modo distaccata da sé, con lo spessore di una voce
lontana e prigioniera che ridacchiava in qualche angolo del suo
ventre. Ma perché rideva? Non sapeva che fra poco avrebbe
dovuto sloggiare da quel caldo rifugio e andarsene per le strade
liquide e fredde di un cielo spazzato da venti argentini?

Rideva probabilmente di lei, di quella quindicenne che, con la treccia
ciondolante sulla schiena, si incamminava su per via Bruno Buozzi
cercando un numero composto da un uno, un tre e un altro uno.

Mentre premeva le scarpe da ginnastica sull'asfalto un poco
ammorbidito dal sole la ragazza si chiedeva chi potesse[2] essere il
padre della creatura ridente. Da quando era arrivata a Roma
aveva fatto una vita disordinata, piena di sorprese e rivelazioni.

Era uscita con un certo Vaccarella, un tipo cupo dagli
occhiali[3] dorati e i vestiti blu, che la portava in ristoranti di
lusso, mangiava senza dire una parola stringendole la mano
sotto la tovaglia e poi la portava in un albergo di piazza Barberini per fare l'amore come due sposi, con lenta pignoleria. Dopo
si rivestiva di tutto punto, cravatta, gilé, giacca blu e la accompa-
gnava al taxi senza dire una parola.

Poteva essere[4] Vaccarella il padre di quel bambino; che certamente sarebbe stato triste come lui, educato come lui e senza
speranze come lui. Vaccarella aveva la moglie, glielo aveva con-
fessato a bassa voce una sera mentre fumava una sigaretta dopo
l'amore nella stanza d'albergo di piazza Barberini. Amava questa moglie 'come se stesso' così le aveva detto e lei aveva pensato
che non doveva amare molto se stesso.

Anche nell'amore era tetro e meticoloso. Si toglieva i vestiti
ad uno ad uno. Piegava i pantaloni sulla sedia stando attento
che le pieghe combiaciassero. Ogni volta che appoggiava i pantaloni sulla spalliera della sedia le monete sgusciavano dalle
tasche e si spargevano sul pavimento con un tintinnio allegro.
Ogni volta lui arrossiva come per una colpa grave. Poi si
chinava, in camicia e mutande e pazientemente raccattava
le monete posandole ad una ad una sul letto.

body even less ripe than hers, so unripe that it didn't even have a recognizable form? A creature which she still thought of in some way as separate from her, with no greater consistency than a distant, imprisoned voice laughing in some corner of her stomach. But why was it laughing? Didn't it know that it would very soon have to tear itself away from that warmth and shelter and head for the wet, chilly streets of a sky swept by silvery winds?

It was probably laughing at her, at that fifteen-year-old who, with her plait dangling down her back, was walking up Via Bruno Buozzi looking for a number made up of a one, a three and another one.

As her trainers trod the asphalt made slightly soft by the sun, the girl wondered who the father of the laughing creature might be. Since she had arrived in Rome her life had been a bit topsy-turvy, full of revelation and surprise.

She had gone out with someone called Vaccarella, a dour type with gold-rimmed glasses and blue suits, who would take her to fancy restaurants, eat without saying a word, holding her hand under the table, and then take her to a hotel in Piazza Barberini where they would make love like a married couple, with slow fastidiousness. Afterwards he would dress himself sprucely once again, tie, waistcoat, blue jacket, and get her a taxi without saying a word.

Vaccarella might be the father of the baby, which would doubtless be as sad as he was, as polite as him and as hopeless as him. Vaccarella had a wife, he'd confessed that much to her one evening as he smoked a cigarette in the hotel room after making love. He loved this wife 'as much as himself', that's what he had said to her, and she had thought that he can't love himself all that much.

Even when he made love he was gloomy and meticulous. He took his clothes off carefully. He would fold his trousers over the chair, making sure that the creases were straight. Every time he placed the trousers over the back of the chair, his small change would tumble out of the pockets and with a cheerful tinkle, would scatter over the floor. Every time he would blush as if he had done something awful. Then, in his pants and shirt, he would bend down and patiently gather up the coins and put them one by one on the bed.

La ragazza si era chiesta se fosse innamorata del giovane Vacca-rella ma aveva dovuto rispondere di no. Eppure era stata abbagliata da lui, da quel suo vestito blu notte che profumava leggermente di un dopobarba al sandalo. Era stata conquistata dal suo silenzio e dal suo pallore. Ci si può innamorare del pallore di un uomo? aveva pensato la prima volta che lo aveva visto all'uscita della scuola che andava su e giù inquieto, con la sigaretta accesa fra le dita.

Aveva subito notato i polsi pelosi e quello sguardo pesto come di uno che sia stato picchiato a sangue e per quanto faccia non riesce a dimenticarsene. Aveva notato l'assenza di colori, come se la sua faccia fosse stata ripassata con la gomma più e più volte fino a cancellare del tutto le linee.

E se invece il figlio fosse del professor Gaetani? Era successo una volta sola e la ragazza si chiedeva se potesse bastare. I meccanismi della concezione non erano molto chiari nella sua mente. Sua madre che era una donna moderna, le aveva detto 'stai attenta, usa le dovute precauzioni'. Ma quali fossero queste precauzioni non glielo aveva spiegato, sia per pudore, sia perché era convinta che le giovani ragazze come lei sapessero già tutto.

Era vero che sapevano tutto, ma in maniera fumosa e astratta. E rimaneva il fatto concreto che la Madonna aveva avuto un bambino senza fare l'amore. E questo dava alle ragazze una certa inquietudine. D'altronde avevano sentito par-lare di una certa Pina che, pur avendo solo amoreggiato col suo ragazzo, senza accoppiarsi veramente con lui, era rimasta gra-vida. Qualcosa doveva passare nei baci, si dicevano. Forse attra-verso il seme volante di lui. Non dicevano che il seme maschile aveva appunto la capacità di saltare come fanno i salmoni, risa-lendo i fiumi fino alle foci pur di depositare in un luogo sicuro il loro carico prezioso? Il pericolo di una gravidanza non voluta rimaneva sospeso sulle teste delle ragazze come una grazia divina che poteva prenderti a sorpresa.

Il professor Gaetani aveva un modo di entrare in classe, sem-pre in ritardo, con un lembo della camicia che sgusciava fuori dai pantaloni, il maglione rivoltato e la barba non fatta, i capelli tutti schiacciati da una parte, che divertiva le scolare. Diventava

The girl had wondered if she was in love with the young Vaccarella, but had had to conclude that she was not. However she had been dazzled by him, by his dark blue suit with its slight scent of sandalwood aftershave. She had been seduced by his silence and his pallor. Can you fall in love with a man's pallor, she had wondered the first time she saw him by the school gate, pacing up and down, cigarette between his fingers.

She had immediately noticed his hairy wrists and the hounded look of someone who has been beaten to within an inch of his life and can never forget it. She had noted the lack of colour in his cheeks, as if someone had taken a rubber to his face again and again, until all the lines had disappeared.

But what if the baby were Mr Gaetani's? It had happened just once and the girl wasn't sure if that was enough. The mechanics of conception were rather unclear in her mind. Her mother, a modern woman, had said, 'Be careful, make sure you take the necessary precautions.' But just what these precautions were she had never explained, either from embarrassment or because she was convinced that young girls like her daughter already knew everything anyway.

It was true that they knew everything, but in an imprecise, abstract way. And then there was still the fact that the Madonna had had a child without making love. This made the girls a bit uneasy. Besides, they'd all heard about someone called Pina, who, even though she'd only necked with her boyfriend without really going the whole way with him, had got pregnant. There must be something in kisses, they said to each other. Or perhaps in the man's sperm when it spurts out. Didn't people say that sperm actually have the capacity to leap, just as salmon do, swimming back up the river right to its source in order to deposit their precious cargo in a secure place? The danger of an unwanted pregnancy hung over the girls' heads like a divine act of grace which could sneak up on you unawares.

The way Mr Gaetani, the teacher, would come into the classroom, always late, shirt tail hanging out of his trousers, jumper on inside out and face unshaven, hair all stuck down on one side of his head, always made the girls laugh. He was almost handsome,

perfino bello in quella fretta da vagabondo. Gli occhi gli si facevano grandi e lucidi, le labbra tese in un sorriso imbarazzato. Sembrava sceso allora dalla luna e sgranava gli occhi sulle cose incomprensibili del mondo.

Era successo una mattina che erano rimasti soli in classe. Lui l'aveva guardata come se non l'avesse mai vista, con una luce di ammirazione nelle pupille stanche. Lei aveva pensato che non avrebbe mai più amato un uomo come amava lui in quel momento, con venerazione e tenerezza.

Il professore, con l'ardimento dei timidi, le aveva stretto una mano. E lei aveva desiderato farsi mangiare da lui,[5] quasi avesse intuito, sotto quelle distrazioni vorticose, una attenta e innocente ansia cannibalesca.

Si era chiesta se anche lui la amasse. E per un attimo le era sembrato di sì. Si erano appoggiati alla porta perché non venisse aperta a sorpresa. E così, abbracciati l'uno all'altra si erano baciati a lungo dolcemente.

Due giorni dopo il professor Gaetani le aveva fatto un cenno mentre gli alunni si preparavano ad uscire e lei aveva capito che doveva seguirlo fino alla macchina parcheggiata due strade più in là.

Una volta chiuso lo sportello lui era partito rapido esibendo un piccolo goloso sorriso da lupo. L'automobile si era infilata, morbida e veloce, nel grande fiume del traffico di viale Trastevere e poi giù per piazza Sonnino, vicolo San Gallicano, piazza Santa Apollonia e vicolo della Pelliccia.

Il professore parlava, parlava ma sembrava non ascoltarsi. Era un parlare[6] affannoso e nebulare. Sembrava che volesse tenerla sotto la malia della sua voce come un incantatore di serpenti fa ballare il suo rettile suonando il flauto.

Il professor Gaetani aveva parlato ininterrottamente durante tutto il tempo dell'amore. Per ammutolirsi solo quando aveva improvvisamente sgranato gli occhi e si era accasciato sulla spalla di lei con un rauco lamento.

Aveva ripreso a parlare mentre lei si faceva la doccia e si rivestiva. Di che chiacchierava con tanta maniacale distrazione era

hurrying in like a tramp. His eyes would go large and shiny, his lips tense in an embarrassed smile. At those times he seemed to have come down from the moon, his eyes widening at the incomprehensible things of the world.

One morning it so happened that the two of them found themselves alone in the classroom. He had looked at her as if he had never seen her before, a gleam of admiration in his tired eyes. She had thought that she would never love another man as she loved him at that moment, with tenderness and awe.

With the boldness of the shy, the teacher had taken her hand and squeezed it. And she had wanted to be eaten up by him, almost as if she had sensed an acute and innocent cannibalistic urge beneath the whirl of surface distraction.

She had wondered if he loved her too. And for a moment she had thought that he did. They had leaned up against the door so that nobody could open it unexpectedly. Holding each other tight they had kissed, gently and sweetly, for a long time.

Two days later Mr Gaetani had given her a signal while the other pupils were getting ready to leave the classroom and she had understood that she was to follow him out to the car parked two streets away.

Once the car door was shut he had driven off quickly, a little greedy wolf smile on his lips. Smooth and fast, the car had slipped into the great stream of traffic on Viale Trastevere then down towards Piazza Sonnino, San Gallicano, Piazza Santa Apollonia and Via della Pelliccia.

The teacher was talking and talking but he didn't seem to be paying attention to what he was saying. He was talking in a breathless, vague sort of way. It was as if he wanted to keep her under the spell of his voice just as a snake charmer makes his reptile dance by playing his flute.

Mr Gaetani had not stopped talking all the time they were making love. He only fell silent when he suddenly opened his eyes wide and collapsed on to her shoulder with a hoarse moan.

He had started up again while she was having a shower and getting dressed. It was hard to remember what he was going on about,

difficile ricordarlo. Parlava di lei, della sua estrema giovinezza
che costituiva un pericolo e una lusinga, aveva citato poeti e poi
aveva raccontato di un gatto che si chiamava Ciccio e che si era
perso sui tetti di via della Pelliccia.

Sempre parlando l'aveva acompagnata in automobile fino
alla fermata dell'autobus. 'È meglio che non ci vedano insieme
sotto casa tua', aveva detto. E mentre la baciava l'aveva guardata dritto negli occhi come a dire 'non mi scappi'.

L'indomani il professor Gaetani non era venuto a scuola e neanche
il giorno dopo. La supplente aveva detto che era malato. La ragazza
dalla treccia nera aveva pensato che era 'per colpa sua' che non era
venuto e si era sentita divinamente 'colpevole'. Lo immaginava a
letto, nel buio di quella casa disordinata, mentre si torturava per lei.

Invece il professor Gaetani non era venuto a scuola perché era
andato in viaggio con la giovane moglie. L'aveva saputo qualche
tempo dopo. Si era preso una vacanza dalla scuola, tutto qui.

La settimana dopo era ricomparso in classe con la solita aria
trasandata e distratta. Non le aveva rivolto neanche uno
sguardo e appena suonata la campanella era uscito di corsa
senza salutare nessuno.

Erano passati giorni, settimane, senza che le rivolgesse la
parola. Lei una volta aveva deciso di andarlo ad aspettare[7] sotto
casa per ragionare un poco con lui.

Dopo due ore di attesa lo aveva visto uscire dal portone
abbracciato alla giovane e bella moglie. Aveva guardato verso di
lei per un attimo ma aveva subito voltato la testa fingendo di
non vederla.

Se il figlio fosse davvero del professor Gaetani? Glielo
avrebbe detto? Le sembrava di vederlo, già adolescente, con la
camicia fuori dai pantaloni, le scarpe sformate, il naso aguzzo,
le dita lunghe e gentili. E se fosse stata una bambina? Ma la
ragazza non riusciva a pensare a una figlia somigliante al professor Gaetani. Avrebbe portato la camicia fuori dalla gonna?
Avrebbe avuto il naso aguzzo e le dita lunghe e gentili? Avrebbe
stirato le labbra in un piccolo sorriso da lupo anche lei?

Immaginate una ragazza dalla treccia gonfia e pesante

as distracted as a maniac. He spoke about her, her extreme youth, which represented both a danger and an enticement, he had quoted poets, and then he had talked about a cat called Ciccio who had got lost over the roofs of Via della Pelliccia.

Still talking he had driven her to the bus stop. 'It's better if nobody sees us together near your house,' he had said. And as he kissed her he had looked deep into her eyes as if to say, 'You're not getting away from me.'

Next day Mr Gaetani had not come to school, nor the day after that. The supply teacher had said he was ill. The girl with the black plait had thought that it was 'her fault' that he was away, and she had felt divinely 'guilty'. She imagined him in bed, in the dark of that untidy house, torturing himself over her.

But no, Mr Gaetani had not come to school because he had gone off on a trip with his young wife. She learnt that some time later. He had taken a few days off school, that was all.

The following week he had reappeared in the classroom with his usual scruffy, distracted air. He hadn't even looked at her and as soon as the bell went he had rushed out of the room without saying good-bye to anyone.

Days, weeks had gone by without him addressing a single word to her. One time she decided to go and wait for him outside his house in order to have a word with him.

After a two-hour wait she had seen him coming out of the front door arm in arm with his young, beautiful wife. He had glanced at her for a moment but had immediately turned away and pretended not to see her.

What if the baby really was Mr Gaetani's? Would she tell him? She could almost see the child, a teenager already, with his shirt hanging out of his trousers, his battered shoes, pointed nose, long, gentle fingers. And what if it was a little girl? But the girl couldn't imagine having a daughter who looked like Mr Gaetani. Would she have her blouse hanging out of her skirt? Would she have a pointed nose and long, gentle fingers? Would she too smile that little wolf smile?

Just imagine a girl with a thick, heavy plait swaying in the centre

ciondolante in mezzo alla schiena che cammina un poco curva in avanti su per la salita di via Bruno Buozzi. Immaginatela pensosa, con la faccia quasi deturpata da un pensiero doloroso: perché separarsi da quel figlio che già sente ridere sotto gli archi soffici del ventre?

Ora la ragazza dal vitino di formica si siede sopra un muretto che costeggia il marciapiede, lì dove crescono due sbilenche robinie dalle foglie polverose. I suoi occhi si fermano su dei fili di erba bruciacchiati. In mezzo all'erba, come una goccia di sangue, ecco un papavero luminoso, bellissimo. Da quando nelle città crescono i papaveri? si chiede lei. In effetti si tratta di un papavero piccolo e rattrappito come se fosse nato lì per caso, suo malgrado, da un seme lanciato in aria e poi gettato per terra da un vento dispettoso e noncurante. Era venuto su stento e rachitico, ma era venuto su. Chi poteva pensare di strapparlo?

Una occhiata all'orologio la allarma: mancano due minuti all'appuntamento. Ma il numero della casa qual'era? C'era un uno e un tre, questo lo ricorda bene, ma poi? L'ha dimenticato. E ha pure dimenticato il nome del medico.

Non sarà che la voglia di compagnia le trucca la memoria? La voglia di continuare ad ascoltare quella risatina sommessa, anche cattiva, anche derisoria, ma proprio quella, con quegli echi strampalati e rabbiosi.

Hai quindici anni, si dice, stai per finire l'anno di scuola, e aspetti un figlio che non sai di chi sia; a chi puoi raccontarlo? Forse sua madre le direbbe di tenerlo. Per poi educarlo lei. Suo padre invece la guarderebbe con la faccia triste e persa, gli occhi pesti, malati. È strano, come assomiglia al professor Gaetani, non lo aveva mai notato, ma è proprio così. Hanno persino le stesse mani lunghe e gentili.

Il numero le torna in mente con improvvisa lucidità. I piedi da soli, riprendono a camminare. La treccia ricomincia a dondolare dolcemente sulla schiena al ritmo di quei passi infantili.

of her back, leaning forward slightly, walking up the slope of
Via Bruno Buozzi. Imagine her lost in thought, her face almost
deformed by a painful idea: why separate herself from that child
which she can already hear laughing beneath the soft curve of her
stomach?

Now the girl with the tiny wasp waist is sitting on a low wall
which runs along the pavement, just where two twisted, dusty-leafed
acacias are growing. Her eyes come to rest on some blades of
scorched grass. Among the grass, like a drop of blood, there is a
bright poppy, exquisite. Since when have poppies grown in the city,
she wonders. In fact it is a tiny, stunted poppy which seems to be
growing there by chance and against its will, fruit of a seed tossed
into the air and then hurled to the ground by a spiteful and indifferent wind. It had come up a poor, twisted thing, but it had come up.
Who could ever think of uprooting it?

A glance at her watch alarms her – only two minutes until her
appointment. But what was the number of the house now? There was
a one and a three, that much she can remember, but what else? She
has forgotten. And she has forgotten the name of the doctor, too.

Could it be that her desire for company has played tricks with her
memory? The desire to go on listening to that subdued laughter,
even if it is unkind and makes fun of her, no other laugh but that
one with its weird, angry echoes.

You are fifteen years old, she tells herself, you're about to finish the
school year, and you're expecting a child and don't even know who the
father is. Who can you talk to about that? Maybe her mother would tell
her to keep it. And bring it up herself. Her father on the other hand
would look at her with a sad, lost face, with sick, hunted eyes. It's strange
how much he looks like Mr Gaetani; she's never noticed that, but it's
true. They even have the same long, gentle hands.

The number comes back to her in a sudden flash. Her feet begin
walking as if by themselves. The plait down her back begins swaying
gently again to the rhythm of those childish steps.

The Last Channel

ITALO CALVINO

Translated by Tim Parks

L'ultimo canale

Il mio pollice s'abbassa indipendentemente dalla mia volontà: di momento in momento, a intervalli irregolari, sento il bisogno di premere, di schiacciare, di scoccare un impulso improvviso come un proiettile; se era questo che volevano dire quando m'hanno concesso la seminfermità mentale, hanno visto giusto. Ma sbagliano se credono che non ci fosse un disegno, un'intenzione ben chiara nel mio comportamento. Solo ora, nella calma ovattata e smaltata di questa stanzetta di clinica, posso smentire le incongruità che m'è toccato[1] sentirmi attribuire al processo, da parte tanto dell'accusa quanto della difesa. Con questo memoriale che spero di far recapitare ai magistrati d'appello, benché i miei difensori vogliano a tutti i costi impedirmelo, intendo ristabilire la verità, la sola verità, la mia, se mai qualcuno sarà in grado di capirla.

I medici annaspano nel buio anche loro, ma almeno vedono con favore il mio proposito di scrivere e m'hanno concesso questa macchina e questa risma di carta: credono che ciò rappresenti un miglioramento dovuto al fatto di ritrovarmi rinchiuso in una stanza senza televisore e attribuiscono la cessazione dello spasimo che mi contraeva una mano all'avermi privato[2] del piccolo oggetto che impugnavo quando sono stato arrestato e che ero riuscito (le convulsioni che minacciavo ogni volta che me lo strappavano di mano non erano simulate) a tenere con me durante la detenzione, gli interrogatori, il processo. (E come avrei potuto spiegare – se non dimostrando che il corpo del reato era diventato una parte del mio corpo – ciò che avevo fatto e – pur senza riuscire[3] a convincerli – perché l'avevo fatto?)

La prima idea sbagliata che si sono fatti di me è che la mia attenzione non possa seguire per più di pochi minuti una successione coerente d'immagini, che la mia mente riesca a captare

The Last Channel

My thumb presses down independently of any act of will: moment
by moment, but at irregular intervals, I feel the need to push, to
press, to set off an impulse sudden as a bullet; if this is what they
meant when they granted me partial insanity, they were right.
But they are wrong if they imagine there was no plan, no clearly
thought-out intention behind what I did. Only now, in the padded
and enamelled calm of this small hospital room, can I deny the
incongruous behaviour I had to hear attributed to me at the trial, as
much by the defence as the prosecution. With this report which I
hope to send to the appeal court magistrates, though my defence
lawyers are absolutely determined to prevent me, I intend to re-
establish the truth, the only truth, my own, if anyone is capable of
understanding it.

The doctors are in the dark too, groping about, but at least they
were positive about my desire to write something down and gave me
this typewriter and this ream of paper: they think this development
indicates an improvement due to my being shut up in a room without a television and they attribute the disappearance of the spasm
that used to contract my hand to my being deprived of the small
object I was holding when I was arrested and that I managed (the
convulsions I threatened every time they grabbed it from me were
not simulated) to keep with me throughout my detention, interroga-
tion and trial. (How, if not by demonstrating that the *corpus delicti* had
become a part of my *corpus*, could I have explained what I had done
and – though I didn't manage to convince them – why I had done
it?)

The first mistake they made in their diagnosis was to suppose that
my attention span is so short that I cannot follow a coherent succession of images for more than a few minutes, that my mind can

solo frantumi di storie e di discorsi senza un prima né un dopo, insomma che nella mia testa si sia spezzato il filo delle connessioni che tiene insieme il tessuto del mondo. Non è vero, e la prova che portano a sostegno della loro tesi – il mio modo di stare immobile per ore e ore davanti al televisore acceso senza seguire nessun programma, costretto come sono da un tic compulsivo a saltare da un canale all'altro – può ben dimostrare proprio il contrario. Io sono convinto che un senso negli avvenimenti del mondo ci sia, che una storia coerente e motivata in tutta la sua serie di cause e d'effetti si stia svolgendo in questo momento da qualche parte, non irraggiungibile dalla nostra possibilità di verifica, e che essa contenga la chiave per giudicare e comprendere tutto il resto. È questo convincimento che mi tiene inchiodato a fissare il video con gli occhi abbacinati mentre gli scatti frenetici del telecomando fanno apparire e scomparire interviste con ministri, abbracci d'amanti, pubblicità di deodoranti, concerti rock, arrestati che si nascondono il viso, lanci di razzi spaziali, sparatorie nel West, volteggi di ballerine, incontri di boxe, concorsi di quiz, duelli di samurai. Se non mi fermo a guardare nessuno di questi programmi è perché il programma che cerco io è un altro, e io so che c'è, sono sicuro che non è nessuno di questi, e questi li trasmettono solo per trarre in inganno e scoraggiare chi come me è convinto che sia l'*altro* programma quello che conta. Per questo continuo a passare da un canale all'altro: non perché la mia mente sia ormai incapace di concentrarsi neppure quel minimo che ci vuole per seguire un film o un dialogo o una corsa di cavalli. Al contrario: la mia attenzione è già tutta proiettata su qualcosa che non posso assolutamente mancare, qualcosa di unico che sta producendosi in questo momento mentre ancora il mio video è ingombro d'immagini superflue e intercambiabili, qualcosa che dev'essere già cominciato e certo ne ho perduto l'inizio e se non m'affretto rischio di perderne pure la fine. Il mio dito saltella sulla tastiera del selettore scartando gli involucri della vana apparenza come spoglie sovrapposte d'una cipolla multicolore.

Intanto il *vero* programma sta percorrendo le vie dell'etere su una banda di frequenza che io non conosco, forse si perderà nello spazio senza che io possa intercettarlo: c'è una stazione

only capture fragments of stories and arguments without a beginning
or an end, in short that the connecting thread that holds the fabric
of the world together had snapped in my head. It's not true, and the
proof they brought forward to support their thesis – the way I sit
motionless in front of the TV for hours and hours without following
a programme, obliged as I am by a compulsive tic to switch from
one channel to another – can perfectly well be used to demonstrate
the contrary. I am convinced that there is a sense in the happenings
of this world, that a coherent story, explicable in all its series of cause
and effect, is going on somewhere at this very moment, and is not
beyond our capacity to verify, and that this story contains the key for
judging and understanding everything else. It is this conviction that
keeps me nailed to my chair staring at the video with glazed eyes
while the frenetic clicks of the remote control conjure up and dismiss
interviews with ministers, lovers' embraces, deodorant ads, rock con-
certs, people arrested hiding their faces, space rocket launches, Wild
West gunfights, dancers' pirouettes, boxing matches, quiz shows,
samurai duels. If I don't stop to watch any of these programmes it's
because they're not the programme I'm looking for; I know it exists,
and I'm sure it's not one of these, and that they only transmit these
programmes to deceive and discourage people like myself who are
convinced that it's the *other* programme that matters. That's why I
keep switching from one channel to another: not because my mind is
no longer capable of even the very brief concentration required to
follow a film or a dialogue or a horse race. On the contrary: my
attention is already entirely projected towards something I absolutely
must not miss, something unique that is happening at this very
moment while my screen is still cluttered with superfluous and inter-
changeable images, something that must already have begun so of
course I've missed the beginning and if I don't hurry up I risk losing
the end as well. My finger leaps across the keys of the remote control
discarding husks of empty appearance like the superimposed peelings
of a multicoloured onion.

Meanwhile the *real* programme is out there in the ether on a
frequency I don't know, perhaps it will be lost in space without my
being able to intercept it: there is an unknown station transmitting a

sconosciuta che sta transmettendo una storia che mi riguarda, la *mia* storia, l'unica storia che può spiegarmi chi sono, da dove vengo e dove sto andando. Il solo rapporto che posso stabilire in questo momento con la mia storia è un rapporto negativo: rifiutare le altre storie, scartare tutte le immagini menzognere che mi si propongono. Questo pulsare di tasti è il ponte che io getto verso quell'altro ponte che s'apre a ventaglio nel vuoto e che i miei arpioni non riescono ad agganciare: due ponti discontinui d'impulsi elettromagnetici che non si congiungono e si perdono nel pulviscolo d'un mondo frantumato.

È stato quando ho capito questo che ho cominciato a brandire il telecomando non più verso il video, ma fuori della finestra, sulla città, le sue luci, le insegne al neon, le facciate dei grattacieli, i pinnacoli sui tetti, i tralicci delle gru dal lungo becco di ferro, le nuvole. Poi sono uscito per le vie col telecomando nascosto sotto l'ala del mantello, puntato come un'arma. Al processo hanno detto che odiavo la città, che volevo farla scomparire, che ero spinto da un impulso di distruzione. Non è vero. Amo, ho sempre amato la nostra città, i suoi due fiumi, le rare piccole piazze alberate come laghi d'ombra, il miagolio straziante delle sirene delle ambulanze, il vento che prende d'infilata le Avenues, i giornali spiegazzati che volano raso terra come stanche galline. So che la nostra città potrebb' essere la più felice del mondo, so che lo è,[4] non qui sulla lunghezza d'onda in cui io mi muovo ma su un'altra banda di frequenza, è lì che la città che ho abitato per tutta la mia vita diventa finalmente il mio habitat. È quello il canale che cercavo di sintonizzare quando puntavo il selettore sulle vetrine scintillanti delle gioiellerie, sulle facciate maestose delle banche, sui baldacchini e le porte girevoli dei grandi alberghi: a guidare i miei gesti era il desiderio di salvare tutte le storie in una storia che fosse anche la mia: non la malevolenza minacciosa e ossessiva di cui sono stato accusato.

Annaspavano tutti nel buio: la polizia, i magistrati, i periti psichiatrici, gli avvocati, i giornalisti. «Condizionato dal bisogno compulsivo di cambiare continuamente canale, un telespettatore impazzisce e pretende di cambiare il mondo a colpi di telecomando»: questo lo schema che con poche varianti è servito a

story that has to do with me, *my* story, the only story that can
explain to me who I am, where I come from and where I'm
going. Right now the only relationship I can establish with my
story is a negative relationship: that of rejecting other stories,
discarding all the deceitful images they offer me. This pushing of
buttons is the bridge I am building towards that other bridge that
fans out into the void and that my harpoons still haven't been able
to hook: two incomplete bridges of electromagnetic impulses that
fail to meet and are lost in the dustclouds of a fragmented
world.

It was when I realized this that I stopped waving the remote control at the screen and started pointing it out of the window, at the
city, its lights, its neon signs, the façades of the skyscrapers, the roof
spires, the scaffolding of the cranes with their long iron beaks, the
clouds. Then I went out in the streets with the remote control
hidden under the flap of my coat, pointing it like a weapon. At the
trial they said I hated the city, that I wanted to make it disappear,
that I was driven by a destructive impulse. It's not true. I love, I
have always loved our city, its two rivers, the occasional small
squares transformed by their trees into oases of shade, the harrow-
ing wail of its ambulance sirens, the wind that rakes the Avenues,
the crumpled newspapers that flit just above ground like tired hens.
I know that our city could be the happiest in the world, I know that
it is the happiest, not here on the wavelength where I find myself,
but on another frequency, it's there the city I've lived in all my life
finally becomes my habitat. That's the channel I was trying to tune
into when I pointed the remote control at the sparkling windows
of the jewellers', at the stately façades of the banks, at the awnings
and rotating doors of the big hotels: prompting my gestures was the
desire to save all stories in one story that would be mine too: not the
threatening and obsessive malice I have been accused of.

They were all in the dark, lost: police, magistrates, psychiatric
experts, lawyers, journalists. 'Conditioned by the compulsive need
to keep changing channel, a TV addict goes crazy and tries to
change the world with his remote control': that was the outline that
served with only very few variations to define my case. But the

definire il mio caso. Ma i test psicologici hanno sempre escluso che in me ci fosse la vocazione dell'eversore; anche il mio grado d'accettazione dei programmi attualmente in corso non si distacca di molto dalla media degli indici di gradimento. Forse cambiando canale non cercavo lo sconvolgimento di tutti i programmi ma qualcosa che qualsiasi programma potrebbe comunicare se non fosse corroso dal di dentro dal verme che snatura[5] tutte le cose che circondano la mia esistenza.

Allora hanno escogitato un'altra teoria, adatta a farmi rinsavire, essi dicono; anzi, attribuiscono all'essermene io convinto da solo il freno inconscio che m'ha trattenuto dagli atti criminosi che mi credevano pronto a commettere. È la teoria secondo la quale si ha un bel cambiare canale ma il programma è sempre lo stesso o è come se lo fosse, sia film o notiziario o pubblicità che venga trasmesso, il messaggio è uno solo da tutte le stazioni perché tutto e tutti facciamo parte d'un sistema; e anche fuori del video, il sistema invade tutto e non lascia spazio che a cambiamenti d'apparenza; dunque che io m'agiti tanto con la mia tastiera o che me ne stia a mani in tasca fa proprio lo stesso, perché dal sistema non riuscirò mai a scappare. Non so se quelli che sostengono queste idee ci credono o se lo dicono solo pensando di mettermi in mezzo; comunque su di me non hanno mai avuto presa perché non possono scalfire la mia convinzione sull'essenza delle cose. Per me ciò che conta nel mondo non sono le uniformità ma le differenze: differenze che possono essere grandi o anche piccole, minuscole, magari impercettibili, ma quel che conta è appunto il farle saltar fuori e metterle a confronto. Lo so anch'io che a passare da canale a canale l'impressione è d'un'unica minestra; e so anche che i casi della vita sono stretti da una necessità che non li lascia variare più di tanto: ma è in quel piccolo scarto che sta il segreto, la scintilla che mette in moto la macchina delle conseguenze, per cui le differenze poi diventano notevoli, grandi, grandissime e addirittura infinite. Guardo le cose intorno a me, tutte storte, e penso che un niente sarebbe bastato, un errore evitato a un determinato momento, un sì o un no che pur lasciando intatto il quadro

psychological tests always ruled out the idea that I had a vocation for destruction; even my response to programmes presently transmitted is not far off average levels of acceptance. Maybe by changing channel I wasn't trying to disrupt all the other channels but looking for something that any programme could communicate if only it were not corroded within by the worm that perverts everything that surrounds my existence.

So they thought up another theory, capable of bringing me back to my right mind again, they say; or rather, they claim that I convinced myself of this theory on my own and that this constituted the unconscious brake that stopped me committing the criminal acts they thought me ready to commit. This is the theory according to which for all my changing channels the programme is always the same or might as well be; whether they're transmitting a film or news or ads there is only one message whatever the station since everything and everybody are part of the one system; and likewise outside the screen, the system invades everything leaving space only for apparent changes; so that whether I go wild with my remote control or whether I keep my hands in my pocket makes no difference, because I'll never be able to get out of the system. I don't know whether those who put forward these ideas believe in them or whether they only say them in an attempt to draw me into the discussion; in any event they never had any hold on me because they cannot shake my conviction as to the essence of things. As I see it what counts in the world are not likenesses but differences: differences that may be big or then again small, or minute, perhaps even imperceptible, but what matters is precisely to tease them out and compare them. I know myself that in going from channel to channel you get the impression that it's all the same old story; and likewise I know that life is governed by necessities that prevent it from varying more than a certain amount: but it is in that small difference that the secret lies, the spark that sets in motion the machine of consequences, as a result of which the differences become considerable, large, huge, even infinite. I look at the things around me, all awry, and I think how the tiniest trifle would have been enough – a mistake not made at a certain moment, a yes instead of a no – to have generated entirely different consequences, albeit leaving the general

generale delle circostanze avrebbe portato a conseguenze tutte
diverse. Cose così semplici, così naturali, che m'aspettavo sempre che stessero per svelarsi da un momento all'altro: pensare
questo e premere i pulsanti del selettore era tutt'uno.

Con Volumnia avevo creduto d'aver imbroccato finalmente il
canale giusto. Difatti, durante i primi tempi della nostra relazione,
lasciai riposare il telecomando. Tutto mi piaceva di lei, la pettina-
tura a *chignon* color tabacco, la voce quasi da contralto, i pantaloni
alla zuava e gli stivali appuntiti, la passione da me condivisa per i
bulldog e per i cactus. Ugualmente confortevoli trovavo i suoi genitori, le località dove essi avevano effettuato investimenti immobiliari
e dove trascorrevamo corroboranti periodi di vacanza, la società
d'assicurazioni in cui il padre di Volumnia m'aveva promesso un
impiego creativo con cointeressenza dopo il nostro matrimonio.
Tutti i dubbi, le obiezioni, le ipotesi che non convergessero nel
senso voluto cercavo di scacciarle dalla mia mente, e quando
m'accorsi che si ripresentavano sempre più insistenti, cominciai a
domandarmi se le piccole incrinature, i malintesi, gli impacci che
fin'allora m'erano apparsi come offuscamenti momentanei e margi-
nali non potessero essere interpretati come presagi delle prospettive
future, cioè che la nostra felicità contenesse latente la sensazione di
forzatura e di noia che si prova con un cattivo teleromanzo. Eppure
la mia convinzione che Volumnia e io fossimo fatti l'uno per l'altra
non veniva mai meno: forse su un altro canale una coppia identica
alla nostra ma che il destino aveva dotata di doni solo leggermente
diversi s'accingeva a vivere una vita cento volte più attraente . . .

Fu con questo spirito che quel mattino alzai il braccio impu-
gnando il telecomando e lo diressi verso la corbeille di camelie
bianche, verso il cappellino guarnito di grappoli azzurri della
madre di Volumnia, la perla sulla cravatta a plastron del padre,
la stola dell'officiante, il velo ricamato d'argento della sposa . . .
Il gesto, nel momento in cui tutti gli astanti s'aspettavano il mio
«sì», fu male interpretato: da Volumnia per prima, che vi vide
una ripulsa, uno sfregio irreparabile. Ma io volevo significare
solo che di là, su quell'altro canale, la storia di Volumnia e mia
correva lontano dal tripudio delle note dell'organo e dei flash

shape of circumstances intact. Things so simple and natural that I was always expecting them to reveal themselves at any moment: thinking this and pressing the buttons on the remote control was one and the same thing.

With Volumnia I thought I'd finally hit on the right channel. Indeed in the early days of our relationship, I gave the remote control a rest. I liked everything about her, the tobacco-coloured *chignon* hairstyle, the almost contralto voice, the knickerbockers and pointed boots, our shared passion for bulldogs and cactuses. Equally congenial, I felt, were her parents, the places where they had invested in real estate and where we spent invigorating vacations, and the insurance company in which Volumnia's father had promised me a creative job with profit-sharing after we were married. All doubts, objections, and conjectures that did not converge in the desired direction I sought to banish from my mind, but when I saw how they kept coming back more and more insistently, I began to wonder whether the small cracks, the misunderstandings, the embarrassments that had so far seemed no more than momentary and marginal eclipses might not be interpreted as ill omens for our future prospects, that is that our happiness might contain within it that sense of contrivance and tedium you find in a bad TV serial. Yet I never lost my conviction that Volumnia and I were made for each other: perhaps on another channel a couple identical to ourselves but to whom destiny had granted just slightly different gifts were about to embark on a life a hundred times more attractive than ours . . .

It was in this spirit that I lifted my arm that morning, gripped the remote control and pointed it towards the corbeille of white camellias, towards Volumnia's mother's bonnet with its little blue bunches of grapes, the pearl on the father's plastron cravat, the priest's stole, the bride's silver-embroidered veil . . . This gesture, just when the whole congregation was expecting my 'yes', was misunderstood: most of all by Volumnia who saw it as a rejection, an irreparable offence. But all I meant to say was that there, on that other channel, mine and Volumnia's story was unfolding far away from the jubilant sounds of the organ and the flashlights of the

dei fotografi, ma con molte cose di più che l'identificavano alla verità mia e sua . . .

Forse su quel canale al di là di tutti i canali la nostra storia non è finita. Volumnia continua ad amarmi, mentre qui, nel mondo in cui io abito non sono più riuscito a farle intendere le mie ragioni: non ha più voluto vedermi. Da quella rottura violenta non mi sono più sollevato; è da allora che ho cominciato quella vita che è stata descritta sui giornali come quella d'un demente senza fissa dimora, che vagava per la città armato del suo aggeggio incongruente . . . Invece mai come allora i miei ragionamenti sono stati chiari: avevo capito che dovevo cominciare ad agire dal vertice: se le cose vanno per storto su tutti i canali, ci dev'essere un ultimo canale che non è come gli altri in cui i governanti, forse non troppo diversi da questi ma con dentro di sé qualche piccola differenza nel carattere, nella mentalità, nei problemi di coscienza, possono fermare le crepe che s'aprono nelle fondamenta, la sfiducia reciproca, il degradarsi dei rapporti umani . . .

Ma la polizia mi teneva d'occhio da tempo. Quella volta che di tra la folla assiepata a veder scendere dalle macchine i protagonisti del grande incontro dei Capi di Stato mi feci largo e m'intrufolai tra le vetrate del palazzo, in mezzo agli schieramenti dei servizi di sicurezza, non feci in tempo ad alzare il braccio col telecomando puntato e mi furono tutti addosso trascinandomi via, per quanto protestassi che non volevo interrompere la cerimonia ma solo vedere cosa davano sull'altro canale, per curiosità, solo per pochi secondi.

photographers, yet had many things about it that made it more consonant with my truth and hers . . .

Perhaps on that channel beyond all channels we didn't break up. Volumnia goes on loving me there, while here, in the world I live in I haven't been able to get her to understand my motives: she doesn't want to see me any more. I never recovered from that violent break; it was then I began the life described in the papers as that of a maniac of no fixed abode, wandering through the city armed with his incongruous gadget . . . And yet my reasoning was clear as never before: I had realized that I must begin to work from the top down: if things were going wrong on all channels, there must be a last channel unlike the others where the leaders, perhaps not so different from these here, but with some small variation in character, in mentality, in matters of conscience, were able to stop the cracks that open in the foundations, the reciprocal distrust, the degeneration of human relationships . . .

But the police had had their eye on me for some time. When I shoved my way through the people crowding round to see the Heads of State getting out of their cars for the summit, then sneaked into the building through the French windows amidst a swarm of security men, I didn't even manage to lift my arm and point the remote control before they were all on top of me dragging me away, despite my protests that I didn't intend to stop the ceremony, only wanted to see what they were showing on the other channel, for curiosity's sake, just for a few seconds.

Lilith

PRIMO LEVI

Translated by Ruth Feldman

Lilít

Nel giro di pochi minuti il cielo si era fatto nero ed aveva cominciato a piovere. Poco dopo, la pioggia crebbe fino a diventare un acquazzone ostinato, e la terra grassa del cantiere si mutò in una coltre di fango profonda un palmo; non solo lavorare di pala, ma addirittura reggersi in piedi era diventato impossibile. Il Kapo[1] interrogò il capomastro civile, poi si volse a noi: che ognuno andasse a ripararsi dove voleva. C'erano sparsi in giro diversi spezzoni di tubo di ferro, lunghi cinque o sei metri e del diametro di uno. Mi infilai dentro uno di questi, ed a metà tubo mi incontrai col Tischler, che aveva avuto la stessa idea ed era entrato dall'altra estremità.

«Tischler» vuol dire falegname, e fra noi il Tischler non era conosciuto altrimenti che così. C'erano anche il Fabbro, il Russo, lo Scemo, due Sarti (rispettivamente «il Sarto» e «l'altro Sarto»), il Galiziano[2] e il Lungo; io sono stato a lungo «l'Italiano», e poi indifferentemente Primo o Alberto perché venivo confuso con un altro.

Il Tischler era dunque Tischler e nulla più, ma non aveva l'aspetto del falegname, e tutti noi sospettavamo che non lo fosse affatto; a quel tempo era comune che un ingegnere si facesse schedare come meccanico, o un giornalista come tipografo: si poteva così sperare in un lavoro migliore di quello del manovale, senza scatenare la rabbia nazista contro gli intellettuali. Comunque fosse, il Tischler era stato messo al bancone dei carpentieri, e col mestiere non se la cavava male.[3] Cosa inconsueta per un ebreo polacco, parlava un po' d'italiano: glielo aveva insegnato suo padre, che era stato fatto prigioniero dagli italiani nel 1917 e portato in un campo, sì, in un Lager,[4] da qualche parte vicino a Torino. La maggior parte dei compagni di suo padre erano morti di spagnola,[5] e infatti ancora oggi i

Lilith

In the space of a few minutes the sky had turned black and it began to rain. Soon the rain increased until it became a stubborn downpour and the thick earth of the workyard changed to a blanket of mud, a handsbreadth deep. It was impossible not only to go on shovelling but even to stand up. Our Kapo questioned the civilian foreman, then turned to us: we should all go and take shelter wherever we could. Scattered about there were various sections of iron pipe, about five to six metres long and a metre in diameter. I crawled into one of these and halfway down it I met the Tischler, who had had the same idea and had come in from the other end.

Tischler means carpenter, and this was the only name by which he was known to us. There were also the Blacksmith, the Russian, the Fool, two Tailors (respectively the Tailor and the Other Tailor), the Galician, and the Tall Man. For a long time I was the Italian, then, indiscriminately, Primo or Alberto, because they mixed me up with another Italian.

So the Tischler was Tischler and nothing more, but he didn't look like a carpenter and we all suspected that he was no such thing. In those days it was common practice for an engineer to register as a mechanic, or a journalist to put himself down as a typographer. Thus one could hope to get better work than that of a common labourer without unleashing the Nazi wrath against intellectuals. At any rate, Tischler had been placed at the carpenters' bench and his carpentry was pretty good. An unusual thing for a Polish Jew, he spoke a little Italian. It had been taught him by his father, who had been captured by the Italians in 1917 and taken to a camp – a concentration camp, in fact – somewhere near Turin. Most of his father's comrades had died of Spanish influenza. You can still, as a

loro nomi esotici, nomi ungheresi, polacchi, croati, tedeschi, si possono leggere su un colombario del Cimitero Maggiore, ed è una visita che riempie di pena al pensiero di quelle morti sperdute. Anche suo padre si era ammalato, ma era guarito.

L'italiano del Tischler era divertente e difettivo: consisteva principalmente di brandelli di libretti d'opera, di cui suo padre era stato fanatico. Sovente, sul lavoro, lo avevo sentito canticchiare «sconto col sangue mio»[6] e «libiamo nei lieti calici».[7] La sua lingua madre era lo yiddisch, ma parlava anche tedesco, e non faticavamo ad intenderci. Il Tischler mi piaceva perché non cedeva all'ebetudine: il suo passo era svelto, malgrado le scarpe di legno; parlava attento e preciso, ed aveva un viso alacre, ridente e triste. Qualche volta, a sera, dava spettacolo in yiddisch raccontando storielle o recitando filastrocche, e a me spiaceva di non capirlo. A volte cantava anche, e allora nessuno applaudiva e tutti guardavano a terra, ma quando aveva finito lo pregavano di ricominciare.

Quel nostro incontro a quattro gambe, quasi canino, lo aveva rallegrato: magari avesse piovuto tutti i giorni così! Ma quello era un giorno speciale: la pioggia era venuta per lui, perché quello era il suo compleanno: venticinque anni. Ora, il caso voleva che quel giorno compissi venticinque anni anch'io: eravamo gemelli. Il Tischler disse che era una data da festeggiare, poiché difficilmente avremmo festeggiato il compleanno successivo. Trasse di tasca mezza mela, ne tagliò una fetta e me la donò, e fu quella, in un anno di prigionia, l'unica volta che gustai un frutto.

Masticammo in silenzio, attenti al prezioso sapore acidulo come ad una sinfonia. Nel tubo di fronte al nostro, frattanto, si era rifugiata una donna: giovane, infagottata in panni neri, forse un'ucraina della Todt.[8] Aveva un viso rosso e largo, lucido di pioggia, ci guardava e rideva; si grattava con indolenza provocatoria sotto la giubba, poi si sciolse i capelli, si pettinò con tutta calma e incominciò a rifarsi le trecce. A quel tempo capitava di rado di vedere una donna da vicino, ed era un'esperienza dolce e feroce, da cui si usciva affranti.

matter of fact, read their exotic names today, Hungarian, Polish, Croat and German names, on a columbarium in the Cimitero Maggiore. That visit fills the visitor with pain at the thought of those forlorn deaths. Tischler's father caught the flu too, but recovered.

Tischler's Italian was amusing and full of errors, consisting principally of scraps from librettos of operas, his father having been a great opera buff. Often at work I had heard him singing arias: '*sconto col sangue mio*' and '*libiamo nei lieti calici*'. His mother tongue was Yiddish but he also spoke German and we had no trouble understanding each other. I liked Tischler because he never succumbed to lethargy. His step was brisk in spite of his wooden clogs, his speech was careful and precise, and he had an alert face, laughing and sad. Sometimes in the evening he staged entertainments in Yiddish, telling little anecdotes and reciting long strings of verses, and I was sorry I couldn't understand him. Sometimes he also sang, and then nobody clapped and everyone stared at the ground, but when he was through they begged him to start again.

That almost canine encounter of ours on all fours cheered him up. If only it rained like that every day! But this was a special day: the rain had come for him because it was his birthday: he was twenty-five years old. Now, by sheer chance I was twenty-five that day too; we were twins. Tischler said it was a date that called for a celebration since it was most unlikely that we would celebrate our next birthday. He took half an apple out of his pocket, cut off a slice, and made me a present of it, and that was the only time in a year of imprisonment that I tasted fruit.

We chewed in silence, as attentive to the precious acidulous flavour as we would have been to a symphony. In the meantime, in the pipe opposite ours, a woman had taken refuge. She was young, bundled up in black rags, perhaps a Ukrainian belonging to the Todt. She had a broad red face, glistening with rain, and she looked at us and laughed. She scratched herself with provocative indolence under her jacket, then undid her hair, combed it unhurriedly, and began braiding it again. In those days it rarely happened that one saw a woman close up, an experience both tender and savage that left you shattered.

Il Tischler si accorse che io la stavo guardando, e mi chiese se
ero sposato. No, non lo ero; lui mi fissò con severità burlesca,
essere celibi alla nostra età è peccato. Tuttavia si voltò e rimase
per un pezzo a contemplare la ragazza anche lui. Aveva finito di
farsi le trecce, si era accovacciata nel suo tubo e canterellava
dondolando il capo.

– È Lilít, – mi disse il Tischler ad un tratto.

– La conosci? Si chiama cosí?

– Non la conosco, ma la riconosco. È lei Lilít, la prima
moglie di Adamo. Non la sai, la storia di Lilít?

Non la sapevo, e lui rise con indulgenza: si sa bene, gli ebrei
d'Occidente sono tutti epicurei, «apicorsím», miscredenti. Poi
continuò:

– Se tu avessi letto bene la Bibbia, ricorderesti che la fac-
cenda della creazione della donna è raccontata due volte, in due
modi diversi: ma già, a voialtri vi insegnano un po' di ebraico a
tredici anni, e poi finito . . .

Si andava delineando una situazione tipica ed un gioco che
mi piaceva, la disputa fra il pio e l'incredulo, che è ignorante
per definizione, ed a cui l'avversario, dimostrandogli il suo
errore, «fa digrignare i denti». Accettai la mia parte, e risposi
con la doverosa insolenza:

– Sí, è raccontata due volte, ma la seconda non è che il com-
mento della prima.

– Falso. Cosí intende chi non va sotto alla superficie. Vedi, se
leggi bene e ragioni su quello che leggi, ti accorgi che nel primo
racconto sta solo scritto «Dio li creò maschio e femmina»: vuol
dire che li ha creati uguali, con la stessa polvere. Invece, nella
pagina dopo, si racconta che Dio forma Adamo, poi pensa che
non è bene che l'uomo sia solo, gli toglie una costola e con la
costola fabbrica una donna; anzi, una «Männin», una uomessa,
una femmina d'uomo. Vedi che qui l'uguaglianza non c'è più:
ecco, c'è chi crede che non solo le due storie, ma anche le due
donne siano diverse, e che la prima non fosse Eva, la costola
d'uomo, ma fosse invece Lilít. Ora, la storia di Eva è scritta, e la
sanno tutti; la storia di Lilít invece si racconta soltanto, e cosí la

Tischler noticed that I was staring at her and asked if I was married. No, I wasn't. He looked at me with mock severity: to be celibate at our age was a sin. However, he turned around and stayed that way for some time, looking at the girl. She had finished braiding her hair, had crouched down in her pipe, and was humming, swaying her head in time with the music.

'It's Lilith,' Tischler suddenly said to me.

'You know her? Is that her name?'

'I don't know her but I recognize her. She's Lilith, Adam's first wife. Don't you know the story of Lilith?'

I didn't know it and he laughed indulgently: everyone knows that western Jews are all Epicureans – *apicorsim*, unbelievers. Then he continued:

'If you had read the Bible carefully, you would remember that the business of the creation of woman is told twice, in two different ways. But you people – they teach you a little Hebrew when you reach thirteen and that's the end of it.'

A typical situation was developing, and a game that I liked: the dispute between the pious man and the unbeliever who is by definition ignorant, and whom the adversary forces to gnash his teeth by showing him his error. I accepted my role and answered with the required insolence:

'Yes, it's told twice but the second time is only the commentary on the first.'

'Wrong. That's the way the man who doesn't probe below the surface understands it. Look: if you read attentively and reason about what you're reading, you'll realize that in the first account it says only: "God created them male and female." That is to say, He created them equal, with the same dust. However, it says on the next page that God forms Adam, then decides it isn't good for man to be alone, takes one of Adam's ribs, and with the rib He fashions a woman, actually a *Männin*, a she-man. You see that here equality is gone. There are even people who believe that not only the two stories but the two women are different, and that the first wasn't Eve, man's rib, but Lilith. Now the story of Eve is written down and everybody knows it; the story of Lilith, instead, is only told, so that

sanno in pochi; anzi le storie, perché sono tante. Te ne racconterò qualcuna, perché è il nostro compleanno e piove, e perché oggi la mia parte è di raccontare e di credere: l'incredulo oggi sei tu.

La prima storia è che il Signore non solo li fece uguali, ma con l'argilla fece una sola forma, anzi un Golem,[9] una forma senza forma. Era una figura con due schiene, cioè l'uomo e la donna già congiunti; poi li separò con un taglio, ma erano smaniosi di ricongiungersi, e subito Adamo volle che Lilít si coricasse in terra. Lilít non volle saperne: perché io di sotto? non siamo forse uguali, due metà della stessa pasta? Adamo cercò di costringerla, ma erano uguali anche di forze e non riuscì, e allora chiese aiuto a Dio: era maschio anche lui, e gli avrebbe dato ragione. Infatti gli diede ragione, ma Lilít si ribellò: o diritti uguali, o niente; e siccome i due maschi insistevano, bestemmiò il nome del Signore, diventò una diavolessa, partì in volo come una freccia, e andò a stabilirsi in fondo al mare. C'è anzi chi pretende di saperne di più, e racconta che Lilít abita precisamente nel Mar Rosso, ma tutte le notti si leva in volo, gira per il mondo, fruscia contro i vetri delle case dove ci sono dei bambini appena nati e cerca di soffocarli. Bisogna stare attenti; se lei entra, la si acchiappa sotto una scodella capovolta, e non può più fare danno.

Altre volte entra in corpo a un uomo, e l'uomo diventa spiritato; allora il miglior rimedio è di portarlo davanti a un notaio o a un tribunale rabbinico, e fare stendere un atto in debita forma in cui l'uomo dichiara che vuole ripudiare la diavolessa. Perché ridi? Certo che non ci credo, ma queste storie mi piace raccontarle, mi piaceva quando le raccontavano a me, e mi dispiacerebbe se andassero perdute. Del resto, non ti garantisco di non averci aggiunto qualcosa anch'io: e forse tutti quelli che le raccontano ci aggiungono qualche cosa, e le storie nascono cosí.

Si sentì uno strepito lontano, e poco dopo ci passò accanto un trattore cingolato. Si trascinava dietro uno spartineve, ma il fango spartito si ricongiungeva immediatamente alle spalle

few know it – know the stories, actually, because there are many. I'll tell you a few of them, because it's our birthday and it's raining, and because today my role is to tell and believe; you are the unbeliever today.

'The first story is that the Lord not only made man and woman equal, but He made a single form out of clay – in fact a Golem, a form without form, a two-backed figure: that is, man and woman already joined together. Then He separated them with one cut but they were anxious to be joined again, and right away Adam wanted Lilith to lie down on the ground. Lilith wouldn't hear of it: "Why should I be underneath? Aren't we equal? Two halves made of the same stuff?" Adam tried to force her to, but they were also equal in strength and he did not succeed. So he asked God for help: He was male too and would say Adam was right. And so He did, but Lilith rebelled: equal rights or nothing, and since the two males persisted, she cursed the Lord's name, became a she-devil, flew off like an arrow and went to live at the bottom of the sea. Some even claim to know more and say that Lilith lives in the Red Sea precisely. But every night she rises in flight, wanders around the world, rustles against the windows of houses where there are newborn babies, and tries to smother them. You have to watch out: if she gets in, she must be caught under an overturned bowl. Then she can no longer do any harm.

'At other times she enters the body of a man, and the man becomes possessed. And then the best remedy is to take him before a notary or a rabbinical tribunal, and draw up a deed in due form in which the man declares that he wants to repudiate the she-devil. Why are you laughing? Of course I don't believe this, but I like to tell these stories. I liked it when they were told to me, and it would be a shame if they were lost. In any case, I won't guarantee that I myself didn't add something, and perhaps all who tell them add something: and that's how stories are born.'

We heard a distant racket and shortly afterwards a caterpillar-tread tractor passed alongside us. It was dragging a snowplough. But the mud it cleaved immediately joined together again behind the

dell'arnese: come Adamo e Lilít, pensai. Buono per noi; saremmo rimasti in riposo ancora per parecchio tempo.

– Poi c'è la storia del seme. È golosa di seme d'uomo, e sta sempre in agguato dove il seme può andare sparso: specialmente fra le lenzuola. Tutto il seme che non va a finire nell'unico luogo consentito, cioè dentro la matrice della moglie, è suo: tutto il seme che ogni uomo ha sprecato nella sua vita, per sogni o vizio o adulterio. Tu capisci che ne riceve tanto, e così è sempre gravida, e non fa che partorire. Essendo una diavolessa, partorisce diavoli, ma questi non fanno molto danno, anche se magari vorrebbero. Sono spiritelli maligni, senza corpo: fanno girare il latte e il vino, corrono di notte per i solai e annodano i capelli alle ragazze.

Però sono anche figli d'uomo, di ogni uomo: figli illegittimi, ma quando il loro padre muore vengono al funerale insieme con i figli legittimi, che sono i loro fratellastri. Svolazzano intorno alle candele funebri come le farfalle notturne, stridono e reclamano la loro parte d'eredità. Tu ridi, perché appunto sei un epicureo, e la tua parte è di ridere: o forse non hai mai sparso il tuo seme. Ma può capitare che tu esca di qui, che tu viva, e che tu veda che in certi funerali il rabbino col suo seguito fa sette giri intorno al morto: ecco, fa barriera intorno al morto perché i suoi figli senza corpo non vengano a dargli pena.

Ma mi resta da raccontarti la storia più strana, e non è strano che sia strana, perché è scritta nei libri dei cabalisti,[10] e questi erano gente senza paura. Tu sai che Dio ha creato Adamo, e subito dopo ha capito che non è bene che l'uomo sia solo, e gli ha messo accanto una compagna. Ebbene, i cabalisti dicevano che anche per Dio stesso non era bene essere solo, ed allora, fin dagli inizi, si era preso per compagna la Shekinà, cioè la sua stessa presenza nel Creato; così la Shekinà è diventata la moglie di Dio, e quindi la madre di tutti i popoli. Quando il Tempio di Gerusalemme è stato distrutto dai Romani, e noi siamo stati dispersi e fatti schiavi, la Shekinà è andata in collera, si è distaccata da Dio ed è venuta con noi nell'esilio. Ti dirò che questo qualche volta l'ho pensato anch'io, che anche la Shekinà si sia

machine. Like Adam and Lilith, I thought to myself. Better for us; we would continue to rest for quite a while.

'Then there's the story of the seed. Lilith is greedy for man's seed, and she is always lying in wait wherever it may get spilled, especially between the sheets. All the seed that doesn't end in the only approved place – that is, inside the wife's womb – is hers: all the seed that every man has wasted in his lifetime, in dreams or vice or adultery. So you see she gets a lot of it and so she's always pregnant and giving birth all the time. Being a she-devil she gives birth to devils, but they don't do much harm even if they would perhaps like to. They're evil little spirits, without bodies. They make milk and wine turn, run about attics at night, and snarl girls' hair.

'But they are also the sons of man, of every man: illegitimate, it's true, and when their fathers die they come to the funeral along with the legitimate sons who are their half-brothers. They flutter around the funeral candles like nocturnal butterflies, screech, and claim their share of the inheritance. You laugh precisely because you're an un-believer and it's your role to laugh. Or perhaps you never did spill your seed. It may even happen that you will get out of here alive. Then you'll see that at certain funerals the rabbi and his followers circle the dead man seven times. That's it: they are putting up a barrier so that his bodiless sons will not come to give him grief.

'But I still have to tell you the strangest story of all, and it's not strange that it's strange, because it's written down in the books of the cabalists, and they were people without fear. You know that God created Adam, and immediately afterwards He realized it wasn't good for man to be alone and He placed a companion at his side. Well, the cabalists said that it wasn't good even for God Himself to be alone, and so from the beginning He took as His companion the Shekinah, which is to say, His own presence in the Creation. Thus the Shekinah became the wife of God and therefore the mother of all peoples. When the Temple in Jerusalem was destroyed by the Romans and we were dispersed and enslaved, the Shekinah was angered, left God, and came with us into exile. Actually I myself have thought this: that the Shekinah also let herself be enslaved and

fatta schiava, e sia qui intorno a noi, in questo esilio dentro l'esilio, in questa casa del fango e del dolore.

Così Dio è rimasto solo; come succede a tanti, non ha saputo resistere alla solitudine e alla tentazione, e si è preso un'amante: sai chi? Lei, Lilít, la diavolessa, e questo è stato uno scandalo inaudito. Pare insomma che sia successo come in una lite, quando a un'offesa si risponde con un'offesa più grave, e così la lite non finisce mai, anzi cresce come una frana. Perché devi sapere che questa tresca indecente non è finita, e non finirà tanto presto: per un verso, è causa del male che avviene sulla terra; per un altro verso, è il suo effetto. Finché Dio continuerà a peccare con Lilít, sulla Terra ci saranno sangue e dolore; ma un giorno verrà un potente, quello che tutti aspettano, farà morire Lilít, e metterà fine alla lussuria di Dio e al nostro esilio. Sì, anche al tuo e al mio, Italiano: Maz'l Tov, Buona Stella.

La Stella è stata abbastanza buona per me, non per il Tischler: ma veramente mi è capitato di assistere, molti anni dopo, a un funerale che si è svolto come lui mi aveva descritto, con la danza difensiva intorno al feretro. Ed è inesplicabile che il destino abbia scelto un epicureo per ripetere questa favola pia ed empia, intessuta di poesia, di ignoranza, di acutezza temeraria, e della tristezza non medicabile che cresce sulle rovine delle civiltà perdute.

is here around us, in this exile within exile, in this home of mud and sorrow.

'So God has remained alone; as happens to many, He has not been able to endure solitude and resist temptation and has taken a mistress. Do you known who? Her, Lilith, the she-devil, and that was an unimaginable scandal. It seems, in short, that things unfolded as in a quarrel, when one insult is answered by a more serious insult, so the quarrel never ends; on the contrary it grows like an avalanche. Because you must know that this obscene tryst has not ended, and won't end soon. In one way it's the cause of the evil that occurs on earth; in another way, it is its effect. As long as God continues to sin with Lilith, there will be blood and trouble on Earth. But one day a powerful being will come – the one we are all waiting for. He will make Lilith die and put an end to God's lechery, and to our exile. Yes, even to yours and mine, Italian. *Mazel tov*. Good fortune.'

Fortune has been good enough to me but not to Tischler. And it happened many years' later that I actually attended a funeral that took place exactly in the way he had described, with the protective dance around the coffin. It is inexplicable that fate has chosen an unbeliever to repeat this pious and impious tale, woven of poetry, ignorance, daring acumen, and the unassuageable sadness that grows on the ruins of lost civilizations.

The Island of Komodo

SUSANNA TAMARO

Translated by Charles Caroe and Chris Roberts

L'isola di Komodo

Non era nato così. Era nato come tutti gli altri bambini, viscido, urlante e con la pelle grinza. E non si trattava neppure di un'attitudine famigliare. La madre infatti aveva sì degli occhi grandi, ma morbidi e vellutati come quelli di una cerbiatta mentre quelli del padre, nascosti da due spesse lenti da miope, erano grigi e affossati.

Non era nato così ma già allo scadere del secondo mese, quando l'ombra lattiginosa posata sulle cornee aveva iniziato a dissolversi, i suoi occhi invece di diventare mobili e vivi si erano dilatati in mezzo al volto come due laghetti torbidi, assumendo una strana fissità. Sulle prime Ada e Arturo non ci avevano fatto caso, avevano letto in qualche manuale che la sproporzione delle parti è una caratteristica dei neonati. Convinti che il loro unico figlio fosse ormai in grado di vederli, trascorrevano ore intere vicino alla culla sventolando le mani e sorridendo.

Soltanto verso il sesto mese la madre iniziò a sospettare che non tutto andasse per il verso giusto. Era un afoso pomeriggio di agosto; entrata in punta dei piedi nella stanza del bambino per sorvegliarne il riposo restò sorpresa nel vedere che era sveglio. Stava fermo con le braccia e le gambe accostate al corpo nel mezzo esatto del materasso, le palpebre aperte e le pupille, simili all'estremità di una stalattite di ghiaccio, fissavano il soffitto. Scorgendolo in quella posizione innaturale Ada pensò che potesse avere una colica oppure che soffrisse per il troppo caldo. Dolcemente allora afferrò le sue ditine tenere e cominciò a chiamarlo per nome. Ai primi richiami non rispose. La madre cambiò tono, lo chiamò con voce forte come se fosse lontano, poi cantò una canzoncina allegra, gli prese i piccoli polsi tra le mani e per incoraggiarlo ripeté «Oh issa, oh issa»[1] più di una volta. Fece tutto questo per quasi mezz'ora, senza alcun risultato. Glauco continuava a stare nel mezzo del lettino immobile e

The Island of Komodo

He hadn't been born like this. He had been born like all other children: slimy, screaming and with wrinkled skin. And it wasn't even as if it ran in the family. His mother did in fact have big eyes, but they were soft and velvety like a fawn's, while his father's, hidden by two thick lenses for short-sightedness, were grey and deep-set.

He hadn't been born like this, but already by the end of his second month, when the milky shadow covering the cornea had begun to dissolve, his eyes, instead of becoming mobile and lively, had dilated like two cloudy pools in the middle of his face, taking on a strange fixedness. At first Ada and Arturo had not worried about it, they had read in some manual that the features of newborn babies are often out of proportion. Convinced that their only son was able to see them by now, they spent whole hours beside his cradle, waving their hands and smiling.

It was only when he was about six months old that his mother began to suspect that all was not well. It was a sultry August afternoon: she entered the baby's room on tip-toes to watch him sleeping and was surprised to see that he was awake. He lay motionless with his arms and legs drawn up to his body right in the middle of his mattress, his eyelids open and his pupils, like the tips of a stalactite, staring at the ceiling. Seeing him in that unnatural position, Ada thought he might have colic or that he was suffering from the excessive heat. So she gently grasped his soft little fingers and began to call him by his name. He didn't respond, so she changed the tone of her voice, calling him loudly as if he were far away, then sang him a happy little song; she took his little wrists in her hands and to encourage him she played 'peep-o' several times. She continued doing these things for about half an hour, but it was no use. Glauco remained motionless and rigid in the middle of his cot, with his eyes wide open

rigido, gli occhi spalancati e lucidi come quelli dei pesci sui banchi del mercato. Sono sudata, pensò allora, e si lasciò cadere seduta sulla panchetta vicino alla culla. Sventolandosi con una rivista femminile provò a chiamarlo ancora. Lo chiamò con toni di voce diversi, ora piano ora forte, ora paurosa ora rassicurante, disse pappa un paio di volte. Sopra la testa del bambino pendeva un carillon composto da tanti uccellini in volo. Ada lo caricò e subito al suono di una ninna nanna gli uccellini iniziarono a muoversi. Alla loro ritmica danza non corrispose nessun movimento dello sguardo di Glauco.

«Non è possibile» disse Ada e si portò le mani al volto, lo coprì tutto. Non è possibile ripeté ancora. Nella strada sottostante passava il furgoncino di un ambulante: per un po' si sentirono le grida del venditore reclamizzare il prodotto, poi, con il rumore di un motore vecchio si allontanò e nella stanza tornò il silenzio. Ada si appoggiò con la schiena alla parete, chiuse gli occhi, abbandonò le braccia lungo il corpo e rimase così per un tempo che non seppe. Il pensiero come impazzito correva da una parte all'altra, andava avanti, indietro, indietro e avanti. Risalì con il ricordo ai mesi dell'attesa, li scrutò in ogni piega nella speranza di scorgervi qualche incidente o qualche trascuratezza che avessero potuto favorire quell'evento. Da lì iniziò a passare in rassegna tutti i suoi antenati, s'inerpicò su su fino agli avi sbiaditi dei dagherrotipi, perlustrò i rami laterali del suo albero genealogico e di quello del marito senza trovare neppure una traccia, il cenno di un probabile indizio. Allora vide se stessa piano piano² diventare vecchia. Con i capelli bianchi trascinava ogni giorno da una parte all'altra della strada quel figlio goffo e quasi inerte. Si vide attraversare la strada con Glauco avvinghiato al braccio e vide Arturo, ormai in pensione, seduto in poltrona senza niente in mano, rattrappito su se stesso come un insetto tra le spire del gelo. Mutando di stagione e tinte, quel quadro si replicò davanti a lei un numero di volte pressoché infinito – immersa in un colore che andava dal grigio chiaro al grigio scuro, al nero la loro vita, la sua vita e quella di Arturo, sarebbe proseguita in quel modo fino alla fine.

Ada aprì gli occhi, strinse i pugni, sollevò le braccia per percuotere il muro. Invece di farlo però emise un sospiro profondo

and shiny like those of fish on a market stall. 'I'm sweating,' she then thought, and collapsed on to the stool beside the cot. Fanning herself with a women's magazine, she tried to call him again. She called him in different tones of voice, alternating soft and loud, fearful and reassuring, she said 'din-dins' a couple of times. A mobile hung above the baby's head, made up of lots of little birds in flight. Ada wound it up and immediately the birds began to move to the sound of a lullaby. Glauco's expression showed no sign of following their rhythmic dance.

'It's not possible,' said Ada, putting her hands over her face, covering it completely. 'It's not possible,' she said again. In the road below a street seller's van was passing: for a short while the cries of the driver could be heard advertising his wares, then the sound of the old engine faded and the room became silent again. Ada leant back against the wall, closed her eyes, dropped her arms by her sides and stayed in this position for some time. Her thoughts raced madly from one thing to another, they went forwards, backwards then backwards and forwards. She cast her memory back to the months of waiting, searching every nook and cranny in the hope of unearthing some accident or some moment of negligence that might have caused the problem. Then she began to go over her ancestors one by one. She worked back to her great-grandparents, faded in the old photographs, she searched the remote branches of her own and her husband's family trees without finding even a trace, a hint of where it might have come from. Then she imagined herself gradually ageing. Every day, white-haired, she dragged that clumsy and almost inert son from one side of the street to the other. She saw herself crossing the street with Glauco clinging to her arm and she saw Arturo, now retired, sitting in his armchair, empty-handed, numb and stiff like an insect in the coils of a frost. In a succession of changing seasons and shades, that picture appeared in front of her an almost infinite number of times – suffused with a colour which changed from light grey to dark grey to black, their life, her own and Arturo's, would continue in this way until the end.

Ada opened her eyes, clenched her fists, and raised her arms to hit the wall. But instead of doing so, she let out a deep sigh, summoned

e raccolte tutte le sue forze raggiunse il telefono. Sapeva per averlo letto nei fotoromanzi che il destino tanto come era feroce nel colpire altrettanto era sordo alle proteste e alle suppliche. Appena udì la voce del marito dall'altro lato del filo sommerso dai ticchettii delle dattilografe riuscì a dire soltanto: «Arturo, credo che dovremmo comprare un cane».

Davanti a questa imprevista richiesta Arturo prese tempo, passò il ricevitore da una mano all'altra. Si ricordò di una voce sentita a proposito di irragionevoli stranezze delle puerpere e di come, per non fare peggiorare la situazione, non bisognasse in alcun modo irriderle o contrastarle. Con voce lenta e calma domandò:

«Da caccia o da guardia?»

Solo a quel punto la moglie non si trattenne più ed esplodendo in rumorosi singhiozzi, disse:

«Oh, Arturo, da ciechi . . . !»

Invece di andare al canile, nel tardo pomeriggio, con il figlio avvolto in un viluppo di coperte, andarono al più vicino ospedale.

Quasi tutti i medici erano in ferie. Dato che non erano un caso urgente attesero a lungo seduti uno vicino all'altro in silenzio in una stanza piastrellata di bianco. Quando finalmente fu il loro turno, un dottore afferrò Glauco, lo posò su un tavolo d'acciaio e cominciò a svolgere le coperte dall'involucro. Un lieve rossore imporporò le loro guance. Dentro di loro speravano che tutto si sarebbe risolto in meno di un minuto con una battuta scherzosa.

E in effetti il medico appena visto il bambino nudo con gli occhi enormi nel mezzo della faccia non riuscì a trattenersi ed esclamò: «Dio mio, che buffo. Sembra un piccolo allocco!».

Ada e Arturo fecero una piccola risatina nello stesso istante.

«Allora» disse Ada continuando a sorridere, «lei crede che sia tutto a posto, insomma, che sia . . . che *non* sia non vedente?»

Il dottore aprì un armadietto di metallo, estrasse alcuni strumenti. «Lo sapremo presto» disse e senza più prestare attenzione a loro prese ad esporre davanti agli occhi attoniti di Glauco oggetti di forme e colori differenti. Dopo ogni passaggio, con una sorta di minuscolo cannocchiale posato tra il suo occhio

up all her strength and went to the telephone. She knew from having read the romances in women's magazines that fate was as fierce in striking as it was deaf to protests and pleas. She could hardly hear her husband's voice at the other end of the line above the clatter of typewriters, and all she managed to say was: 'Arturo, I think we ought to buy a dog.'

Faced with this unexpected request, Arturo took his time and passed the receiver from one hand to the other. He remembered having heard about irrational behaviour in new mothers and how one should in no circumstances make the situation worse by laughing at them or contradicting them. In a slow, calm voice he asked:

'A hunting dog or a guard dog?'

At this his wife could no longer restrain herself and, breaking into loud sobs, she said:

'Oh, Arturo, a guide dog!'

In the late afternoon, instead of going to the kennels, they went with their son wrapped up in a bundle of blankets to the nearest hospital.

Almost all the doctors were on holiday. As it wasn't an emergency, they had a long wait, sitting next to each other in silence in a white-tiled room. When at last it was their turn, a doctor took Glauco, placed him on a steel table and began to unwrap the blankets covering him. A faint flush coloured their cheeks. Deep down they were hoping that the doctor would laugh it all off and that everything would be sorted out in less than a minute.

And indeed as soon as the doctor saw the naked baby with his enormous eyes in the middle of his face, he could not help crying out: 'My God, how funny. He looks like a little owl!'

Ada and Arturo laughed nervously at the same time.

'So,' said Ada, still smiling, 'do you think that he's quite normal, I mean that he . . . that he's *not* blind?'

The doctor opened a metal cabinet, and took out a few instruments. 'We'll soon know,' he said, and, without paying further attention to them, he began to put objects of differing shapes and colours in front of Glauco's astonished eyes. After each test, with a sort of mini-telescope between his own eye and the child's, he checked to

e quello del bambino, controllava se in quelle cornee apparentemente morte fossero avvenute delle piccole dilatazioni e di che tipo fossero. Alla fine, pulendo lo strumento con un panno, disse: «È strano, davvero strano. Oltre all'aspetto ha anche la vista di un allocco!». Dopo aver ricoperto il bambino si sedette, fece accomodare i genitori dall'altro lato della scrivania e con voce pacata li rassicurò. Glauco non era affetto da un'escrescenza maligna e non era neppure vittima di qualche morbo misterioso. A causa di un'eccessiva reattività dei bastoncelli vedeva bene, benissimo. Anzi troppo. Aveva lo sguardo potente dei rapaci che volano di notte.

«Un *lusus naturae*,[3] ecco tutto» concluse alzandosi in piedi e dopo aver consigliato loro, come unico palliativo, l'impiego di colliri astringenti e di ninne nanne,[4] li accompagnò alla porta e li congedò.

Nei mesi che seguirono a quella visita Ada e Arturo dedicarono tutti i loro pensieri e le loro energie alle cure del bambino. Con il passare del tempo, però, come acqua stagnante che lentamente si infiltra tra le assi e le intercapedini di una casa, sulla gioia per la levità del danno, cominciò ad inserirsi una sottile inquietudine. Infatti, nonostante avessero seguito scrupolosamente tutte le indicazioni del medico, gli occhi di Glauco non sembravano affatto voler regredire verso una dimensione normale. Come se non bastasse, appena Glauco iniziò a compiere i primi passi si accorsero che si muoveva in modo diverso da tutti gli altri bambini. Invece di fare corsettine goffe e improvvisi ruzzoloni, Glauco percorreva la stanza in lungo e in largo con un incedere assai simile a quello dei rettili. Indifferente alla loro presenza e a quella dei numerosi giocattoli, andava avanti indietro, da una parete all'altra, dalla porta alla finestra per pomeriggi interi. Ogni tanto, come se una voce glielo ordinasse, si bloccava all'improvviso nel mezzo del percorso e fletteva la testa di qua, di là, roteando gli occhi enormi alla ricerca di qualcosa visibile a lui solo. I genitori allora, convinti che la causa di questo bizzarro comportamento risiedesse nel fatto che non aveva mai visto muoversi altri bambini, decisero di iniziare a portarlo regolarmente ai giardinetti.

Fu una soluzione inutile e di breve durata.

see if any little dilatation had taken place in these seemingly dead corneas and, if so, what type of dilatation. Finally, wiping the instrument with a cloth, he said, 'It's strange, really strange. Not only does he look like an owl, but he also has the sight of an owl!' Having wrapped the child up again, he invited the parents to sit down on the other side of his desk and with a calm voice he reassured them. Glauco didn't have a malignant growth, nor did he have an unexplained illness. Because of an excessive reactivity of his retinal rods, he could see well, very well. Indeed, too well. He had the exceptional vision of a nocturnal bird of prey.

'A *lusus naturae*, that's all,' he concluded, getting up, and having advised them on the use of astringent eyedrops and lullabies as the only treatment, he accompanied them to the door and showed them out.

In the months which followed that visit, Ada and Arturo devoted all their thoughts and energy to caring for their child. As time passed, however, like stagnant water that slowly seeps between the beams and cavities of a house, a slight anxiety began to temper their joy at how minimal the damage was. In fact, despite having followed the doctor's instructions to the letter, Glauco's eyes in no way seemed to want to return to a normal size. As if this wasn't enough, as soon as Glauco began to take his first steps, they noticed that he moved in a different way from other children. Instead of tottering around and tumbling unexpectedly, Glauco would cross the length and breadth of the room moving like a reptile. Indifferent to his parents' presence and his numerous toys, he would spend all afternoon going backwards and forwards from one wall to the other, from the door to the window. Every so often, as if a voice was commanding him, he would suddenly freeze and tilt his head this way and that, rolling his enormous eyes, searching for something that only he could see. His parents, convinced that the cause of this strange behaviour lay in the fact that he had never seen other children running about, decided to begin to take him regularly to the park.

This did nothing to solve the problem, and did not last long.

Dopo un paio di giorni, infatti, le madri degli altri bambini a cui fin dal primo istante non era sfuggita la diversità di Glauco, cominciarono ad avvicinarsi ad Ada e a interrogarla con falsa benevolenza sulla causa di quei moti quasi da automa. La giovane madre, colpita alla sprovvista da tanta curiosità, dopo aver dato un paio di risposte vaghe che non avevano sortito altro effetto che quello di alimentare il morboso interesse, senza sapere neanche lei il perchè, aveva risposto che si trattava dell'effetto postumo di un virus contratto da lei e il marito durante il viaggio di nozze all'isola di Komodo.[5]

Appena ebbe finito di dirlo sentì una delle donne bisbigliare: «Komodo? Ma non è l'isola dei varani sanguinari?» e subito si pentì di averlo detto.

La voce che Glauco fosse figlio per metà di un essere umano e per metà di un varano si diffuse prestissimo nei giardinetti e nell'intero quartiere.

Soltanto una settimana dopo, però, quando Ada vide al supermercato una madre allontanare bruscamente la sua bambina da Glauco si rese conto della gravità della situazione. Avvolta la testa del figlio in un lembo del suo cappotto si diresse a passi svelti verso casa.

Quella sera Ada e Arturo discussero a lungo insieme. Alla fine, per evitare altri episodi spiacevoli, stabilirono di portarlo a prendere aria a notte fonda.

Così, per mesi, alla fine dei programmi televisivi, alternandosi nell'incombenza, scesero con Glauco in strada all'ora in cui scendono i proprietari dei cani. Tra ninne nanne, colliri e passeggiate notturne Ada e Arturo, dentro di sé sempre più delusi, resistettero per ancora un anno intero. Ai parenti e agli amici che chiedevano loro di vedere l'erede rispondevano accusando impegni improvvisi o fastidiosi malesseri passeggeri.

Un pomeriggio, dal parrucchiere, Ada lesse su una rivista femminile che l'oscurità e la penombra favorivano il distendersi delle rughe intorno agli occhi. Tornata a casa lo raccontò al marito. Dedotto insieme che se l'oscurità rilassava il contorno degli

After a couple of days, in fact, the mothers of the other children, who had immediately noticed that Glauco was different, began to come up to Ada and to question her with feigned kindness about the cause of his almost robot-like movements. The young mother, taken unawares by such curiosity, gave a couple of vague answers which merely served to feed their morbid interest; then, without knowing why she did so herself, she replied that it was related to the lingering effects of a virus that she and her husband had picked up on their honeymoon on the island of Komodo.

She had hardly finished saying this when she heard one of the women whisper, 'Komodo? But isn't that the island of the man-eating lizards?' And she immediately regretted having said it.

The rumour that Glauco was half-human and half-lizard spread very quicky around the parks and the whole neighbour-hood.

Only one week later, however, when Ada saw a mother briskly move her daughter away from Glauco in the supermarket, she realized the seriousness of the situation. Tucking the edge of her coat around her son's head, she made her way home hastily.

That evening Ada and Arturo had a long talk together. Eventually, in order to avoid further unpleasant episodes, they decided to take Glauco out for his walk in the middle of the night.

And so for months, when the evening's television programmes had finished, they would take it in turns to go down into the street with Glauco at the same time that people took their dogs out. Between lullabies, eye-drops and night-time walks, Ada and Arturo, becoming more and more desperate inside, held out for another whole year. When relations and friends asked to see their heir, they refused, pleading unexpected engagements or tiresome passing bugs.

One afternoon, at the hairdresser's, Ada read in a women's maga-zine that darkness and dim light promote the smoothing out of wrinkles around the eyes. When she got home she told her husband. Together they concluded that if darkness relaxes the skin around the

occhi, doveva rilassare anche gli occhi stessi, subito con calce
e mattoni murarono l'unica finestra della camera di Glauco.
Durante i pasti e le permanenze nelle altre stanze gli imposero
l'uso di occhiali da sole scuri, legati dietro il capo con un grosso
elastico.

In quei mesi non si confessarono mai l'un l'altro che la speranza si stava sgretolando al loro interno come i muri di una
casa abbandonata. Fingevano che tutto fosse normale ed effetti-
vamente, nelle circostanze artificialmente create, lo era.

La situazione restò invariata fino al secondo compleanno del
bambino. In quel giorno, con una lunga frangia che gli copriva
gli occhi, Glauco per la prima volta fu presentato ai parenti.
Tutto andò bene fino al soffio delle candeline. Fu a quel punto
che una zia, vedendolo muovere il capo a scatti come se stesse
seguendo il volo di un insetto, esclamò: «Guardate che carino!
È così piccolo e sa già imitare il camaleonte!».

La sera stessa, appena gli ospiti se ne furono andati, per la
prima volta Ada ebbe un crollo. Seduta sul divano abbracciò il
marito e scoppiò in singhiozzi. «Oh, Arturo» disse, «cosa possiamo fare?» e continuò a piangere come se niente potesse conso-
larla. Allora Arturo, impotente quanto lo era lei, sospirò e disse:

«Ne possiamo fare un altro . . .»

Il bambino venne al mondo esattamente nove mesi dopo. Alla
nascita non mostrava alcuna anomalia. Per scrupolo, passati tre
mesi, lo portarono ad una visita di controllo. Uscendo
dall'ambulatorio Ada e Arturo si fermarono in un'enoteca per
comprare una bottiglia di spumante.

Assorbiti dalle prepotenti necessità del neonato, ben presto sop-
pressero le passeggiate notturne di Glauco. Portarono un vecchio televisore nella sua stanza e lo sistemarono davanti al letto.

Più crescevano le risate argentine e i gorgoglii al di là della
parete meno Glauco partecipava alla vita di famiglia. Durante
le sue rare apparizioni sempre più spesso i genitori davano segni
di fastidio. Un giorno Ada trovandolo fermo davanti alla culla

eyes, then it must also relax the eyes themselves; immediately they walled up the only window of Glauco's bedroom with bricks and mortar. At mealtimes and in the other rooms, they made him wear dark sunglasses held in place with a thick piece of elastic behind his head.

During those months they didn't admit even to each other that hope was crumbling inside them like the walls of a derelict house. They pretended that everything was normal and indeed, given the artificially created circumstances, it was.

The situation remained unchanged until the child's second birthday. On that day, with a long fringe covering his eyes, Glauco was introduced to his relations for the first time. Everything went well until it was time to blow out the candles. At this point an aunt, seeing him move his head jerkily as if he were following the flight of an insect, exclaimed, 'Look how sweet he is! He's so small but he can already imitate a chameleon!'

That same evening, no sooner had the guests left than Ada broke down. Sitting on the sofa, she embraced her husband and burst into tears. 'Oh, Arturo,' she said, 'what can we do?' And she continued to weep inconsolably, while Arturo, feeling equally helpless, sighed and said:

'We can have another one . . .'

The baby came into the world exactly nine months later. At birth he showed no abnormality. To set their minds at rest, after three months they took him for a check-up. On leaving the surgery, Ada and Arturo stopped off at a wine shop to buy a bottle of champagne.

Preoccupied by the all-consuming demands of the new arrival, they very soon stopped taking Glauco for his night-time walks. They brought an old television into his room, and set it up in front of the bed.

The louder the silvery laughs and gurgles grew on the other side of the wall, the less Glauco took part in family life. During his rare appearances his parents showed increasing signs of irritation. One day Ada found him motionless in front of his little brother's cot and

del fratellino si mise a gridare come una pazza: «Vattene, non guardarlo! Vattene!» e afferratolo⁶ per un braccio lo riportò nella sua stanza.

Lentamente, quasi vi fosse stato un tacito accordo, sia lei che il marito cominciarono a credere veramente all'esistenza di quel virus malefico. Glauco non pensò mai che i suoi genitori lo odiassero, non pensò neppure a ribellarsi. Immaginava che quello fosse l'ordine naturale delle cose e, in quell'ordine, trovò uno spazio. Sebbene non parlasse e non fosse mai riuscito ad articolare più di un paio di dittonghi, comprendeva perfettamente tutti i discorsi che sentiva intorno. Nel buio della stanza imparò a conversare mentalmente con lo schermo. Quando però si accorse che le risposte che dava il televisore non corrispondevano mai alle sue domande, smise di farle.

Un giorno si entusiasmò davanti ad un documentario che mostrava migliaia di noctiluche galleggiare di notte sulla superficie dell'acqua. Davanti una di esse ingrandita al microscopio si riconobbe. Ad un tratto seppe di essere un ectoplasma luminoso e che il suo destino era di fluttuare sospeso sul limitare di spazi profondi.

Poco dopo il suo sesto compleanno venne a far visita a casa loro un'assistente sociale. Oltre la porta la sentì interrogare i genitori su perché mai non lo mandassero a scuola. Udì la voce della madre dire di non aver mai avuto un figlio con quel nome, la voce del padre sovrapporsi e aggiungere che si doveva senz'altro trattare di un errore dell'anagrafe o di un caso di omonimia e poi udì entrambi ridere forte.

Incalzati dalle domande della donna chiamarono in salotto il loro unico figlio. «È un bambino prodigio» disse la madre, «a quattro anni suona già il flauto.» Appena le prime note tremolanti invasero la stanza, Ada e Arturo presero ad accompagnare quella musica con le parole di una canzone. Dopo circa mezz'ora l'assistente sociale, convinta davvero che si fosse

she started to shout like a madwoman: 'Go away, don't look at him! Go away!' And, grabbing him by the arm, she led him back to his room.

Gradually, as if there were a tacit understanding between them, both she and her husband really began to believe in the existence of that evil virus. Glauco didn't think for a minute that his parents hated him, nor did he think of rebelling. He imagined that this was the natural order of things and that in that order he had found a place. Although he couldn't speak, and had never succeeded in stringing together more than a couple of diphthongs, he understood perfectly all the conversations around him. In the darkness of his room he learnt to have imaginary conversations with the television screen. However, when he realized that the replies the television set gave never matched his questions, he stopped asking them.

One day he was fascinated by a documentary which showed thousands of microscopic, phosphorescent life forms floating at night on the surface of the water. He recognized himself in one of these when it was enlarged under a microscope. All of a sudden he realized he was a luminous ectoplasm whose destiny it was to flutter suspended on the edge of deep waters.

Soon after his sixth birthday a social worker came to visit their house. From behind his door he heard her ask his parents why they had never sent him to school. He heard his mother say that they had never had a son with that name and his father cut in, adding that there must have been a mistake at the birth registration office or that maybe there was someone else with the same name, and then he heard them both laugh loudly.

The lady continued to ask questions, so they called their only son into the sitting room. 'He's a prodigy,' said his mother, 'he's only four and he already plays the flute.' As soon as the first warbling notes flooded the room, Ada and Arturo began to accompany the music with the words of a song. After about half an hour the social worker, truly convinced that there had been a computer

trattato di un errore dei computer dell'anagrafe, scusandosi per l'inopportuna intrusione, si congedò.

Ormai privo di un nome e di una data di nascita, ignorato o quasi dagli altri abitanti della casa, Glauco visse fino ai dieci anni chiuso nella sua stanza. Pressappoco in quel periodo e in tempi molto brevi, il suo corpo si trasformò in quello di un uomo. Allora, insofferente all'immobilità, nel cuore della notte cominciò ad uscire di casa per fare passeggiate lunghe e solitarie che duravano fino all'alba. Nessuno glielo permise ma nessuno, mai, neanche glielo vietò. Usciva ogni sera dall'appartamento non appena dai fiati leggeri era certo che tutti stessero dormendo.

Un paio di volte la maniglia gli sfuggì di mano e la porta si chiuse con gran rumore. «Cos'è, Arturo?» domandò allora Ada senza aprire gli occhi. «Cosa vuoi che sia» rispose lui. «Sarà qualche gatto . . .»

In strada, con le mani intrecciate dietro la schiena, Glauco camminava per ore. Camminava su e giù per i vicoli tortuosi della città vecchia, da lì giungeva al mare, dal mare risaliva ai viali sciatti della periferia. Dopo l'inverno la città non ebbe più segreti per lui. Conosceva ogni via, ogni anfratto; i gatti randagi lo seguivano in fila come se fosse il pifferaio magico. Allora, insofferente, prese l'abitudine di salire su un colle alle spalle della città. Da lì era possibile dominare l'intero abitato, il mare e il porto con i movimenti dei suoi carghi. Seduto sul prato spelacchiato cosparso di sacchetti di plastica e fazzolettini di carta Glauco contemplava senza mai stancarsi il susseguirsi irregolare dei tetti e dei camini, le foreste metalliche di antenne, l'alternarsi ininterrotto della luce al buio nelle finestre degli insonni.

In quelle ore di immobilità assoluta imparò a posare il suo sguardo terribile sui muri silenziosi e freddi, imparò a perforarli. Immerso nel buio vide decine e decine di corpi inanimi rapiti nell'apparente calma del sonno. Li vide muoversi all'improvviso con gesti incontrollati delle mani, le muovevano come per scacciare qualcosa, i volti contratti in smorfie. Vide bambini

error on the register, apologized for her unwarranted intrusion and
took her leave.

Thus deprived of a name and of a date of birth, virtually ignored
by the other members of the household, Glauco lived shut up in his
room until the age of ten, when in a short space of time, his body
became that of a man. And then, no longer able to bear his immobil-
ity, in the dead of night he began to leave the house to take long
solitary walks, which lasted until dawn. Nobody allowed him to
do this, but nobody ever told him not to. He left the flat every evening as soon as the gentle breathing of the others told him that they
were asleep.

On a couple of occasions his hand slipped on the handle and the
door closed with a bang. 'What's that, Arturo?' asked Ada without
opening her eyes. 'Nothing to worry about,' he replied. 'It's probably
some cat . . .'

In the street, with his hands clasped behind his back, Glauco walked
for hours. He walked up and down the narrow winding streets of the
old part of the town before reaching the sea, and from the seafront
he climbed back up to the shabby roads of the suburbs. After the
winter the town held no more secrets from him. He knew every
street, every alley; stray cats followed in his wake as if he were the
Pied Piper. Then, irritated, he took to climbing one of the hills
which looked on to the town. From there it was possible to survey
the whole town, the sea and the port with its cargo boats coming
and going. Sitting on the patchy grass littered with plastic bags and
used tissues, Glauco never tired of staring at the irregular lines of
roofs and chimneys, the metal forests of television aerials, the lights
going on and off in insomniacs' windows.

In those hours of absolute stillness, he learnt to fix his terrifying
gaze on the cold, silent walls and he learnt to pierce them. Surrounded by darkness he saw hundreds of inanimate bodies frozen in
the apparent calm of sleep. He saw the sudden involuntary movements of their hands, moving as if to swat something; he saw them
twisting their mouths in a grimace. He saw children waking

svegliarsi di scatto, stare seduti in mezzo al letto gridando a più non posso. Vide bambini e anche uomini giovani e forti, dai ventri bianchi, scossi da un singhiozzare sommesso e vide anche i vecchi, vecchi senza più lacrime, con il corpo secco irrigidito come se con le unghie insanguinate si tenessero sull'orlo di un baratro.

Si alzava soltanto quando ad una ad una si spegnevano le stelle e Venere lucifera compariva in fondo, testimone dell'oscurità dissolta. Nel ripercorrere la strada verso casa si sentiva più leggero. Non si trattava di un fatto di pendenza. Se il ritorno fosse stato in salita, si sarebbe sentito più leggero lo stesso.

Un paio di anni dopo successe un fatto increscioso. Una sera, uscendo dalla sua stanza per la passeggiata notturna, invece di trovare come sempre l'appartamento disabitato e buio lo trovò pieno di gente. C'erano uomini, donne, diversi ragazzi. Alcuni avevano dei cappellini in testa; altri, in mano, dei bicchieri di plastica. Il tavolo della stanza da pranzo era coperto da vassoi pieni di cibo, da pile di piatti e mucchi di forchette. Nel mezzo c'era una grande torta con delle candeline azzurre sopra. Incerto sul da farsi Glauco restò un istante fermo davanti alla sua stanza. Solo Ada si accorse di lui. Facendosi largo tra le persone lo raggiunse e senza dire niente con una leggera pressione della mano sul suo ventre lo respinse dentro.

Disteso sul letto con le mani dietro la nuca e davanti a sé il televisore spento, Glauco decise che era giunto il momento di andarsene per sempre.

Partì la notte dopo. Era una delle prime notti di primavera, l'aria era tiepida. Nell'oscurità dei prati brillavano le corolle delle pratoline, i petali dei primi crochi. Privo di un'identità tra gli uomini, appena fuori della città si diresse verso i campi. Da lì, camminando per giorni e giorni verso nord, raggiunse le montagne. Si era sempre chiesto guardandole dal colle se esistessero davvero o se, come quelle della televisione, fossero messe lì in fondo soltanto per rimpicciolire il cielo. Nel primo bosco si tolse le scarpe. Camminando sul muschio tenero s'imbatté in un

suddenly, sitting up in the middle of their beds and shouting at the top of their voices. He saw children, and also strong young men with white stomachs, shaken by low sobs; and he also saw old people, old people with no more tears to cry, their dry bodies stiffening up as if they were clinging to the edge of an abyss with bloody fingernails.

He only stood up when the stars faded away one by one and the morning star of Venus appeared in the distance, a witness to the dissipating darkness. As he made his way home he felt lighter, not because he was walking downhill, for even if the way back had been a climb, he would have felt lighter all the same.

Two years later something unfortunate happened. One evening, as he left his room for his nocturnal walk, instead of finding the flat empty and dark as usual, he found it full of people. There were men, women and quite a few children. Some had paper hats on their heads; others had plastic cups in their hands. The dining-room table was covered with trays laden with food, stacks of plates and piles of forks. In the middle there was a large cake with blue candles on it. Uncertain as to what he should do, Glauco stood motionless for a moment outside his room. Only Ada noticed him. Pushing her way through the assembled company, without saying anything, she gently placed her hand on his stomach and pushed him back inside.

Stretched out on his bed, with his hands clasped behind his head, staring at the blank television screen in front of him, Glauco decided that the time had come to go away for good.

He left the next night. It was one of the first nights of spring, the air was warm, and in the darkness the petals of daisies and the first crocuses were shining in the grass. Lacking an identity amongst men, as soon as he was outside the town, he made his way towards the fields. Then, walking northwards for days on end, he reached the mountains. He had always wondered as he looked at them from his hilltop whether they really existed or whether, like on television, they were there just as a backdrop to make the sky seem smaller. In the first wood he took off his shoes. As he walked over the soft moss he came

rospo. Lo raccolse e se lo portò all'altezza del volto. Non aveva mai visto una creatura così buffa.

Proseguì ancora. Salì ai pascoli, sulle pietraie, scese nei boschi dalla parte opposta. Su un pendio, seminascosta dalle conifere, trovò una grotta. Sembrava piccola e di facile accesso. Dopo averla esplorata stabilì che da quel momento in poi sarebbe stata la sua casa.

In breve imparò a conoscere il bosco intorno come conosceva i programmi televisivi. Conobbe tutti gli animali e imparò a comunicare con loro. Con i suoi occhi che ci vedevano bene, benissimo, anzi troppo, si muoveva leggero e sicuro come un gufo di notte.

Della scomparsa di Glauco non s'accorse nessuno. Già da tanto era come se non esistesse da nessuna parte. L'unica cosa che di lui non sparì, fu il nome. Nei giardinetti del suo quartiere infatti, le madri per un periodo ancora piuttosto lungo, indicando gli anfratti bui e maleodoranti tra i cespugli, minacciavano i loro bambini: «State attenti, non avvicinatevi. Là dentro vive l'uomo-varano, il mostro che incenerisce con lo sguardo».

Poi i bambini crebbero, le madri se ne andarono e la storia del mostro s'affievolì fino a sparire.

Il mostro di Komodo tornò in voga all'improvviso, qualche anno dopo. A farlo riemergere fu il corpo di un giovane ragazzo trovato una mattina dai giardinieri con il corpo lacerato da inspiegabili ferite. La vittima era un brillante studente del conservatorio. La polizia non arrivò mai né al colpevole né al movente. I genitori ammutoliti dal dolore non furono in grado di fornire nessuna indicazione.

Quella primavera nevicò come non nevicava da un decennio. Con fiocchi enormi e molli la neve cadde per giorni e giorni. Cadde sulle strade e sugli autobus, sui tetti e sulle macchine, cadde sui giardinetti. Poi, per una bizzarria meteorologica, il tempo in poche ore cambiò, s'invertì in scirocco.[7]

across a toad. He picked it up and looked closely at it. He had never seen such a funny creature.

On and on he went, climbing up to the mountain pastures, over stony passes and down into the woods beyond. On a slope, half-hidden by conifers, he came across a cave. It seemed small and easily accessible. After taking a careful look at it, he decided that from that moment on it would be his home.

He soon got to know the surrounding woods in the same way as he had got to know the television programmes. He got to know all the animals and learnt to communicate with them, and with those eyes of his which could make out just about anything, more in fact than was necessary, he moved around as silently and confidently as a night-owl.

Nobody noticed Glauco's disappearance. For a long time now it was as if he had never existed anywhere. The only thing about him which did not disappear was his name. Indeed for some time afterwards in the parks in his neighbourhood, mothers would point to the dark, foul-smelling paths between the bushes and say threateningly to their children, 'Be careful, don't go anywhere near there, because that's where the Lizard Man lives, the monster who can turn you to ashes just by looking at you.'

But soon the children grew up, the mothers went away and the story of the monster faded into nothingness.

The monster of Komodo made a sudden comeback a few years later. The reason for its re-emergence was the body of a young boy found one morning by gardeners, a body lacerated by inexplicable wounds. The victim was an outstanding music student from the Conservatory and the police never discovered the murderer nor the motive. His parents, unable to speak on account of their grief, were not able to provide a single clue.

That spring it snowed as it hadn't snowed for ten years. The huge soft flakes fell for days on end on the streets, the buses, the roofs, the cars and the parks. Then, through a freak change in the weather, the *scirocco* began to blow after a matter of hours.

Soltanto dopo una settimana il sole riuscì a prosciugare quel pantano e tra gli anfratti dei pitosfori e gli orinatoi ripresero come sempre a brulicare le lucertole e i coleotteri, i piccoli ratti.

It was only a week later that the sun succeeded in drying out the slushy mire, and amidst the mock-orange plants and the public urinals the lizards, beetles and rats began to swarm as before.

Women by the Pool

SANDRA PETRIGNANI

Translated by Sharon Wood

Donne in piscina

Da qualche giorno ha ripreso a fare ginnastica. Indossa un body nero attillato, scaldamuscoli[1] avana. Lega i capelli in cima alla testa e ripete gli esercizi consigliati da un settimanale.[2] È agile, esegue senza sforzo piegamenti e contorsioni, e mentre li esegue si osserva. Scruta a distanza ravvicinata le ginocchia che ha tirato sotto il mento, le gambe inarcate al di sopra dello sguardo. Da un certo punto di vista trentanove anni sono pochi, ma dal punto di vista di chi sta facendo ginnastica sono quelli che sono, scritti nella consistenza molle della pelle.

Lo dice alle amiche sul bordo della piscina. Hanno qualche anno meno di lei, ma già sanno lo strazio incredulo di dover convivere con le piccole rughe del viso, fili bianchi fra i capelli e il ventre che, quando sono distese a prendere il sole, non scava più un declivio sotto la stoffa tesa dello slip, ma forma una morbida collina a semicerchio intorno all'ombelico. 'È proprio questo che piace agli uomini,' sostiene Gabriella l'esperta, 'questi segni di femminilità matura. Io mi sento più bella adesso di quando avevo vent'anni.' Ed elargisce la solita lezione sul fatto che l'età non è questione anagrafica, ma quella che ci si sente, e le altre ridacchiano, dicono pigramente 'Sì, va bene,' si girano sugli asciugamani, tirano su i capelli, espandono tutt'intorno profumo d'abbronzante. La radiolina di Paola diffonde la musica facile dell'estate. 'Come si sta bene,' pensa Valeria e le si stringe il cuore per l'emozione. In autobus, poco prima, è stata felice in un modo simile per un fatto altrettanto irrilevante. Una ragazza seduta difronte portava un paio di jeans scoloriti, istoriati con le firme degli amici e fra le firme una frase di sconcertante ottimismo: 'La parola fine non esiste.' La parola fine non esiste, ripete fra sé Valeria e le viene da ridere, partecipe per un momento

Women by the Pool

Over the past few days she's started doing exercises again. She wears a tight-fitting black leotard, tobacco-coloured leg-warmers. She ties up her hair on top of her head and goes through the exercises laid out in a magazine. She is supple and can stretch and bend without real effort, and as she does so she takes a good look at herself. From close up she scrutinizes her knees which she has drawn under her chin, her legs stretched over her head. In some ways thirty-nine years are not so many, but for somebody doing exercises they are what they are, inscribed in the softness of the flesh.

She says this to her friends by the pool. They are a few years younger than her but they are already familiar with the dire dismay of having to live with tiny facial wrinkles, the occasional white hair and a stomach which, when they are lying down sunbathing, no longer forms a hollow beneath the taut material of their bikini bottom, but a soft, semi-circular mound around their belly-button. 'That's just what men like,' says Gabriella, the expert, 'these signs of mature femininity. I feel more attractive now than I did when I was twenty.' And she launches into her usual speech about how age is nothing to do with dates and years but how old you feel, and the others giggle and murmur lazily, 'Yes, all right,' they turn over on their towels, lift up their hair, waft around them the perfume of suntan oil. Paola's transistor radio gives out the light, easy music of summer. 'This is so good,' thinks Valeria and her heart tightens with the emotion. On the bus, just a while ago, she felt similarly happy because of something equally trivial. A girl sitting opposite her was wearing a pair of faded jeans decorated all over with the names of her friends and amongst all the names there was a phrase of disconcerting optimism: 'There's no such word as end.' There's no such word as end, Valeria repeats to herself, and she feels like laughing,

dell'incoscienza dell'essere. 'Sono ottimista, oddio come sono ottimista oggi,' dice ad alta voce. Laura le sorride. Gabriella accende una sigaretta, si siede all'indiana con il viso verso il sole, cerca di strapparsi con le dita un pelo che spunta dal costume. Non ci riesce,[3] chiede: 'Nessuna di voi ha un paio di pinzette?' Ma non è proprio una domanda, è quasi una constatazione, e infatti continua cambiando discorso: 'Quando avevo ventitré anni stavo con uno che ne aveva quaranta. Il suo corpo mi faceva impazzire, un corpo da ragazzo a vederlo, asciutto, esercitato in palestra. L'età la riconoscevi solo toccandolo. Non gliel'ho mai detto, ma era proprio questo a piacermi, sentire la pelle svuotata, soltanto appoggiata sugli strati più profondi, non aderente come quando si è giovani. Com'è la nostra adesso insomma,' e scoppia in una risata provocante che fa ridere anche le altre. Nella domenica di fine luglio la piscina condominiale è deserta e silenziosa. All'ombra degli alberi sta seduta una coppia di anziani coniugi. Sono vestiti identici, osserva Valeria, una camicetta chiara a mezze maniche e pantaloni grigi. No, lei ha una gonna, e le scarpe basse con i lacci, all'inglese. Forse sono inglesi. Sono sereni. Guardano avanti a sé senza dirsi nulla. 'Si sono già detti tutto,' fa Valeria rivolta alle amiche e Laura risponde senza alzare il viso: 'Ne hanno avuto di tempo.' Si sentono cinguettare gli uccelli, pigramente come succede d'estate, e si sente lo sciabordio dell'acqua mossa da un unico bagnante, un adolescente muscoloso che si allena con metodo, una vasca dopo l'altra a stile libero, ampie bracciate lente. Ogni tanto si riposa appendendosi al bordo e sputa acqua e respira con uno sbuffo fulmineo che scuote l'aria ferma.

Nell'erba si agita qualcosa. A piccoli salti un rospo procede verso il confine fra prato e piastrelle, la gola pulsa come nascondesse un grande cuore. Sembra spiarle, sembra affascinato, e infatti si avvicina abbandonando la terra fresca per accovacciarsi sul pavimento caldo. È appena a un metro di distanza dai piedi di Paola che immediatamente li ritira piegando le gambe. Grida: 'Che schifo' e tutte guardano il rospo. Gabriella batte le mani per scacciarlo. Laura dice: 'Quant'è brutto.' Valeria è

merging just for a moment into the unconsciousness of being. 'I feel optimistic today, my God I feel optimistic,' she says aloud. Laura smiles at her. Gabriella lights a cigarette, sits up cross-legged facing the sun; she tries to yank out a hair which is sticking out of her bikini. She can't do it and asks, 'I don't suppose any of you has a pair of tweezers?' But it's not really a question, more of a statement really, and the next thing she says is already about something else. 'When I was twenty-three I went out with someone who was forty. His body drove me crazy, the body of a boy to look at, lean and fit from the gym. It was only when you touched him that you realized his age. I never told him this but that was what I liked so much, feeling his skin empty, just resting on top of the deeper layers of his body, not compact like when you are young. Just like ours is now,' and her provocative laughter makes her friends laugh too. On this late July Sunday the condominium pool is deserted, silent. An elderly couple are sitting in the shade of the trees. They're dressed exactly the same, observes Valeria, in light short-sleeved shirts and grey trousers. No, she's wearing a skirt with flat lace-up shoes, English style. Perhaps they are English. They seem content. They look straight ahead of them without saying anything. 'They've already said everything they have to say,' says Valeria, turning towards her friends and Laura replies without looking up, 'They've had plenty of time.' The only sounds are the birds twittering in the trees, lazy in the summer heat, and the splashing of a single swimmer, a muscular youth who swims methodically, one length after another, free-style, with long, slow strokes. Every now and then he holds on to the edge of the pool and rests, spitting out water and giving a thunderous snort which shakes the still air.

Something moves in the grass. With little hops a toad makes its way to the edge of the grass and the paving stones, its throat throbbing as if a large heart were concealed inside it. It seems to be spying on them, fascinated, and indeed it comes closer, leaving behind the cool earth and squatting on the warm stones. It's barely a metre away from Paola's feet and she hurriedly draws up her legs. 'How disgusting!' she cries, and they all turn to look at the toad. Gabriella claps her hands to chase it away. 'It's so ugly,' says Laura. Valeria is

incuriosita: 'Sapete che non ne avevo mai visto uno?' Il rospo resta immobile a ricambiare gli sguardi. 'Non ci salterà addosso?' chiede Paola e si sente rispondere in coro: 'Figurati! Ha paura di noi!' Vorrebbe replicare 'Mica tanto,' ma lascia stare e si distende di nuovo tenendo d'occhio l'animale. Non fosse per[4] il pulsare dell'addome parrebbe imbalsamato. Cercano di dimenticarlo, ma la sua presenza incombe nella mattina assolata. 'Mi farei il bagno,'[5] annuncia Gabriella imbronciata, però non si muove. Aspetta la decisione delle altre. 'Si sta così bene,' pensa Valeria ad alta voce, e Laura: 'Più tardi.' Paola armeggia con la radio finché non trova una canzone che le piace. 'Cerco un centro di gravità permanente che non mi faccia mai cambiare idea sulle cose sulla gente,' dice la canzone e Valeria ne resta vagamente turbata. Le capita qualche volta che le canzoni vadano dritte al punto, rivelandole qualcosa di sé.

Una delle favole che preferiva da piccola s'intitolava 'Il re rospo',[6] in qualche libro veniva citata come 'Il principe ranocchio' e le sembrava un modo ipocrita di dire la stessa cosa. Era una fiaba profondamente tragica perché raccontava di un uomo sensibile chiuso per incantesimo nel corpo repellente di un rospo. Una bellissima e sciocca principessa, giocando con una palla d'oro, s'imbatte nella creatura fatata e nulla percepisce del suo mistero, nota soltanto l'aspetto disgustoso. Perde la palla, simbolo di nobiltà e privilegio, e il rospo si offre di recuperarla dal fondo buio del pozzo in cui è precipitata. In cambio chiede tre favori: sedere alla tavola della principessa, mangiare una volta nel suo piatto, dormire una volta nel suo letto. Chiomadoro – così si chiamava – promette. Il rospo si tuffa nel pozzo, trova la palla, la restituisce. La principessa la prende e corre via. Arrivata al Palazzo, dimentica completamente l'incidente.

'Cerco un centro di gravità permanente che non mi faccia mai cambiare idea sulle cose sulla gente. Avrei bisogno di . . .' dice la canzone. E Valeria rivive il suo odio per Chiomadoro, la totale identificazione con il rospo che chiede un dignitoso scambio, ma viene ingannato e respinto. 'Avrei bisogno di . . . che?' si chiede Valeria. E si risponde: 'Di niente,' ma

curious. 'I've never seen one before, you know.' The toad sits stock-
still looking back at them. 'It won't jump on us?' asks Paola and they
all answer her at the same time: 'Don't be daft! It's him who's afraid
of us!' 'Doesn't look it to me,' she would like to reply, but she lets it
go and stretches out again, keeping an eye on the toad. If it weren't
for the throbbing of its stomach it would look stuffed. They try to forget it, but its presence weighs on the sunny morning. 'I wouldn't
mind a swim,' says Gabriella sulkily, but she does not move. She is
waiting for the others to decide. 'It's so nice just like this,' Valeria
thinks aloud, and Laura says, 'Later.' Paola fiddles with the radio
until she finds a song that she likes. 'A permanent sense of gravity is
what I'm looking for, my ideas on things and people no longer a
revolving door' goes the song, and Valeria is vaguely unsettled by it.
Sometimes she finds that songs hit the spot, revealing to her something of herself.

When she was a child the title of one of her favourite fairy stories
was *King Toad*. In some books it was called *The Frog Prince*, which
seemed to her a hypocritical way of saying the same thing. It was a
profoundly tragic story because it told of a sensitive man trapped by
a spell in the repellent body of a toad. A beautiful, foolish princess,
playing with a golden ball, comes across the enchanted creature and
sees nothing of his mystery, only his disgusting appearance. She loses
her ball, symbol of nobility and privilege, and the toad offers to
retrieve it from the black depths of the well into which it has fallen.
In exchange he asks for three favours: to sit at the princess's table, to
eat once from her plate, and to sleep once in her bed. Goldenhair –
for that was the name of the princess – gives him her word. The
toad jumps into the well, finds the ball, returns it to its owner. The
princess takes it and runs away. By the time she reaches the palace
she has forgotten all about her encounter.

'A permanent sense of gravity is what I'm looking for, my ideas on
things and people no longer a revolving door. What I need is . . .'
goes the song. And Valeria feels once more her hatred for
Goldenhair, her total identification with the toad, who seeks a digni-
fied and fair exchange, but is instead deceived and rejected. 'What I
need is . . . what?' wonders Valeria. 'Nothing,' she answers herself,

non è più vero. La piacevole sensazione di leggerezza è sfumata. Sente caldo. La luce è accecante. I due inglesi patetici. Si gira a pancia sotto per non vederli. Le amiche stanno parlando di uomini.

'Perché sono pochi gli uomini a cui le donne piacciono sul serio,' sta dicendo Laura. 'L'ho sempre sospettato anch'io,' risponde Paola. 'Ma sì, non sanno mai da che parte cominciare,' fa Gabriella. 'Cominciare che?' chiede Valeria. 'È che non basta desiderare un corpo, devi capirlo,' spiega Gabriella, 'devi avere veramente voglia di esplorarlo. Non sanno che toccare involucri, non conoscono la connessione con gli stati d'animo. Sono pigri, non hanno fantasia.' 'Mica tutti,' e Laura ha abbassato la voce, allude a qualcosa di personale, ma non aggiunge altro. Tacciono, finché Gabriella: 'Ho avuto cinquanta uomini, da quando avevo quindici anni a oggi. Soltanto con tre ho raggiunto l'orgasmo. Tre su cinquanta, vi rendete conto?' Si leva un coro divertito: 'Non è possibile.' 'Giuro, tre su cinquanta sanno fare l'amore.' 'Ma non è possibile che tu sia stata con cinquanta uomini diversi. Io fatico a metterne insieme cinque.' Paola ride e scuote la testa. 'E ti è andata bene con tutti e cinque?' 'Più o meno.' Ora Gabriella si scandalizza: 'Più o meno? Che vuoi dire?' 'Che mi pare di sì, ma forse no. Non è così facile capire.' Sono sedute su teli di spugna, anche Valeria si è accovacciata all'indiana: 'Sapete che d'estate facciamo sempre questi discorsi?' Il rospo immobile le guarda. Il ragazzo è salito sul trampolino e lo fa oscillare.

E Valeria guarda il rospo. Avverte un cambiamento nell'aria. 'Va tutto bene,' si dice, e non ascolta più. La luce disegna cerchi davanti ai suoi occhi abbagliati e stanchi, l'acqua celeste della piscina, sconvolta dal tuffo, comincia a ondeggiarle nella testa. 'E l'assedio della tristezza,' pensa cercando di pensare il pensiero con ironia e decide di resistere. Ma le viene in mente il pianto a dirotto quando da piccola leggeva 'Il re rospo' e il brutto animale accanto a lei la commuove profondamente. Si alza di scatto, salta nell'acqua. Il ragazzo, seduto sul bordo, la guarda nuotare: perfetta, veloce, come un atleta in gara col

but it's not true any more. The agreeable sense of lightness has slipped away. She feels hot. The light is dazzling. The English couple are pathetic. She turns over on to her stomach so as not to see them. Her friends are talking about men.

'Because very few men really like women,' Laura is saying. 'I've always suspected that, too,' agrees Paola. 'That's right, they haven't a clue where to begin,' says Gabriella. 'Begin what?' asks Valeria. 'The thing is that it's not enough to desire a body, you have to understand it,' explains Gabriella, 'you really have to want to explore it. All men do is fiddle with the wrapping, they know nothing about the connection with states of mind. They are lazy, they have no imagination.' 'They're not all like that,' Laura says quietly; she is referring to something private but doesn't go on. Nobody says anything for a moment, then Gabriella remarks, 'I've slept with fifty men, from the age of fifteen onwards, and I've only had an orgasm with three of them. Three out of fifty, think of that!' A chorus of amused voices exclaim, 'That's impossible.' 'Honestly, three out of fifty know how to make love.' 'But you can't have been with fifty different men. I can barely think of five.' Paola laughs and shakes her head. 'And was it good with all five?' 'More or less.' Indignantly Gabriella asks, 'What does that mean, more or less?' 'That I think so, but maybe not. It's not easy to be sure.' They are sitting on their towels, Valeria, too is sitting cross-legged. 'Do you realize we have the same discussion every summer?' The toad is looking at them, stock-still. The youth has climbed on to the diving-board and is making it bounce up and down.

Valeria looks at the toad. She is aware of a change in the air. 'Everything is fine,' she says to herself, and stops listening. The light makes circles in front of her dazzled, tired eyes, the blue water of the pool, disturbed by the dive, begins to make waves inside her head. 'It's sadness beginning to steal up on me.' She tries to think this thought ironically and decides to resist it. But she remembers bursting into tears when she read *King Toad* as a child, and the ugly animal beside her moves her deeply. Suddenly she gets up and jumps into the water. The youth, sitting on the edge of the pool, watches her swim – perfect, fast, like an athlete racing against the clock. She

cronometro. Conta le vasche, alla sesta si ferma. Deve recuperare il
ritmo naturale del respiro, aspettare che il cuore rallenti per trovare
la forza di tornare all'asciugamano. Ha perso momentaneamente
l'orientamento, si guarda intorno per localizzare le amiche e scopre
un mutamento nello scenario. Un uomo è in piedi di fronte a loro,
dice qualcosa di divertente perché ridono tutte e tre.

'Ma chi è?' si chiede Valeria in bilico fra curiosità e irrita-
zione. La presenza estranea la rende irresoluta, si trattiene
ancora in piscina, perché la infastidisce, adesso, affrontare le
presentazioni ansante e scomposta. Ma sente freddo e si decide.
Stringe la mano sconosciuta senza capire bene il nome, intra-
vede fra i capelli bagnati una faccia attraente, poi si isola nelle
procedure del dopo bagno e presta ai discorsi un'attenzione
distratta. Prova a non dare peso al turbamento. Il rospo è sempre lì. Parlano di un viaggio nel deserto, lui sta per partire. Capi-
sce che è un amico di Gabriella e che si chiama Fabrizio. Ogni
tanto ne incrocia lo sguardo e sa con precisione che non è
casuale.

'Perché certe persone si pongono subito nella vita di un altro in
un modo fatale, la prima volta che le incontri?' si domanda, e cerca
una sigaretta nella borsa anche se non ha voglia di fumare.
'Quest'uomo mi piace,' pensa. S'è rotto d'incanto il muro dell'
indifferenza, percepisce la precarietà della sua posizione nello spazio,
sbilanciata dalla vulnerabilità del sentimento. Lui le chiede: 'Vuoi
accendere?'[7] creando un rapporto preferenziale in mezzo alle altre
voci che si confondono, una linea di comunicazione che va diritta
alla meta mentre altre linee vagano alla deriva, non raggiungono
nessun punto. Le ha già avvicinato al viso la grande mano stretta
intorno all'acendino e le sventola sotto il naso la piccola fiamma.

Avviene il colpo. Lui prende una sedia lasciata libera dagli
inglesi. Ha l'andatura indolente, quasi effemminata, che hanno
certi uomini, molto sicuri della propria virilità. Torna impu-
gnando la sedia come uno scudo, la sistema e si siede vicino a
Valeria che intuisce il pericolo e grida: 'Attento.' Ma è inutile.
Si sente un sibilo, una materia bianca schizza intorno. Anche
Paola grida alzandosi di scatto. Gabriella lancia un 'no'

counts the lengths and stops after six. She has to get her breath back
and wait for her heart-rate to slow down before she goes back to her
towel. For a moment she's disorientated, she looks round to see
where her friends are and discovers a change in the scene. A man is
standing in front of them, he is saying something funny because all
three of them are laughing.

'Who's that?' wonders Valeria, half-curious and half-irritated. The
presence of this stranger makes her hesitant, she lingers in the pool,
because it would bother her now to be introduced still panting and
dripping wet. But she's feeling cold so she makes a move. She shakes
the unknown hand without really hearing his name, from beneath
her wet hair she glimpses an attractive face, then she withdraws to
sort herself out after her swim, listening to their chat with just half
an ear. She tries to dismiss her slight agitation. The toad is still there.
They're talking about a trip to the desert, he's about to leave. She
gathers that he's a friend of Gabriella and that his name is Fabrizio.
Every now and then she catches his eye and she knows perfectly well
that it is not by chance.

'How is it that some people are fated to become an important part
of other people's lives the first time you meet them?' she wonders,
and she hunts for a cigarette in her bag even though she doesn't
really feel like smoking. 'I like this man,' she thinks. The wall of
indifference has been shattered as if by a spell, she is aware of the
precariousness of her position in empty space, thrown off balance by
the vulnerability of feeling. 'Would you like a light?' he asks, estab-
lishing a special rapport in the midst of the confusion of voices, a
line of communication which hits the mark while other lines drift off
and go nowhere. His large hand holding the lighter is already close
to her face, waving the tiny flame under her nose.

Then it happens. He takes one of the seats vacated by the English
couple. He has the lazy, almost effeminate walk of some men who
are very confident of their own virility. He comes back holding the
chair like a shield, he places it next to Valeria and sits down. Aware
of the danger, she shouts, 'Watch out!' But it's no use. They hear a
hiss, there is a splash of white matter. Paola jumps up and shouts
too. Gabriella lets out a long slow 'No', Laura huddles up covering

prolungato, Laura si rannicchia coprendosi il viso. Un brandello del rospo, schiacciato dalla sedia, continua a pulsare. Valeria non riesce a staccare gli occhi, mentre la visione le si confonde nel tremare di lacrime. Pensa: 'Era un rospo, era solo un rospo.' Ma non si consola, si lascia andare e il suo pianto scuote le emozioni nascoste degli altri, che restano silenziosi a riflettere. Quando Chiomadoro scappa, il rospo arranca lungo la scalinata reale e bussa imperiosamente alla porta per ricordarle il suo impegno. Il re padre s'informa sull'accaduto e ordina alla figlia: 'Una principessa non può mancare alla parola data. Fa' subito entrare il rospo.' Il rospo siede dunque alla tavola del re. Mangia dal piatto di Chiomadoro nel silenzio compassato dei presenti. Poi si ritira con la principessa nelle sue stanze. La raggiunge sotto le coperte. A quel contatto viscido Chiomadoro grida, salta fuori dal letto. Prende l'animale con due dita piena di ribrezzo e lo scaglia contro la parete. Allora accade qualcosa di straordinario, il rospo schiacciato ritrova le primitive sembianze, si trasforma in principe. Valeria si calma. L'amico di Gabriella sta dicendo: 'Cambiamo posto.' Sospinge Valeria che sussurra: 'Non avevo mai visto un rospo. Solo disegnato in un libro di favole.' 'La favola del "Principe ranocchio"?' chiede lui e Valeria lo guarda instupidita per un momento. 'Mi metto all'ombra,' annuncia, sollevata di potersi allontanare dal gruppo.

Si distende sull'erba sotto un pino languido molto alto, e si rilassa. Canticchia: 'Avrei bisogno di . . .' Pensa alla statistica di Gabriella, tre su cinquanta. Chiude gli occhi sorridendo, poi li riapre in tempo per cogliere l'immagine di Fabrizio che si tuffa in piscina. Un attimo prima di addormentarsi pensa: 'Sarà dei tre o dei quarantasette?'

her face. A fragment of the toad, crushed by the chair, continues to pulsate. Valerie can't tear her eyes away, while her sight begins to blur with trembling tears. She thinks, 'It was a toad, it was only a toad.' But she is distraught, she lets herself go and her crying touches the hidden emotions of the others, who sit silent and thoughtful. When Goldenhair runs away, the toad clambers up the steps of the royal palace and knocks imperiously on the door to remind her of her promise. The King, her father, finds out what has happened and commands his daughter: 'A princess never goes back on her word. Let the toad in.' And so the toad sits at the king's table. He eats from the same plate as Goldenhair in the studied silence of all present. Then he goes with the princess up to her rooms. He crawls under her blanket. Feeling the slimy contact, Goldenhair yells and jumps out of bed. Utterly disgusted, she picks up the animal with two fingers and throws it against the wall. Then something extraordinary happens, the crushed toad takes on its original appearance again and is transformed into a prince. Valeria calms down. Gabriella's friend is saying, 'Let's move somewhere else.' He helps Valeria up and she whispers, 'I'd never seen a toad before, only in pictures in story books.' 'The story of *The Frog Prince*?' he asks and for a moment Valeria looks at him, bewildered. 'I'm going to sit in the shade,' she announces, relieved to be able to get away from the group.

She stretches out on the grass under a very high, languid pine tree, and relaxes. She hums to herself, 'What I need is . . .' She thinks about Gabriella's statistic, three out of fifty. She closes her eyes with a smile, then opens them again in time to catch sight of Fabrizio diving into the pool. Just before she drifts off to sleep she thinks, 'Will he be one of the three or one of the forty-seven?'

A Naughty Schoolboy

STEFANO BENNI

Translated by Nick Roberts

Un cattivo scolaro

Affluiva alla scuola media De Bono il futuro del paese. Bei ragazzini dai crani rasati e dalle vastissime orecchie, tutti nella divisa d'ordinanza, blazerino blu, cravattina righettata, jeansino[1] e mocassino. E le belle fanciulline, col minitailleur azzurro, il foularino da assistente di volo, un filo di trucco lolitico. Entravano seri seri e li avreste creduti nani adulti se non fosse stato per gli zainetti sulle spalle. I quali erano tutti della stessa ditta,[2] per circolare ministeriale, ma variavano nelle scritte, nelle decalcomanie applicate, nei gadget di divi, e stelline di strass, e cagnuzzi e micioli e mostriciattoli e dichiarazioni d'amore al vicino di banco, al celebre cantante, alla ficona televisiva, e stemmi di turboauto e maximoto, e qualche vessillo governativo e teschio e svasticuccia fianco a fianco a un Sieg Heil e a un Chiara ti amo. E tutta una serie di dediche dimostranti amore e generosità quali Nino sei mitico, Rosanna sei stupenda, Kim sei la mia star, Piero con te per la vita, ognuna scritta in pennarello fluorescente rosa o giallo, incorniciata da uccelletti e cuoricini, in sorprendente contrasto con quanto appariva sui muri della scuola, una sequenza di graffiti spietati quali Nino è frocio, Rosanna lo ciuccia a Monaldo, Kim cornuto oca morta, Piero sei un tossico di merda, il tutto istoriato con cazzi e precisazioni e risvastiche.[3]

Se ne deduceva che allignava nell'animo di questi giovani una duplice natura, per metà angelica che amavano portarsi addosso, sulle spalle e sulla lambretta, e per metà diabolica che essi sfogavano sui muri, spalmandola lì come merda.

La campanella stava suonando, intervallata dalla pubblicità di una nota marca di merendine che l'altoparlante diffondeva per tutti i piani dell'edificio scolastico. Il ritratto presidenziale sei

A Naughty Schoolboy

The flower of the nation's youth was flocking to the De Bono Middle School. Smart little boys with close-cropped hair and sticking-out ears, all wearing the regulation uniform – blue blazer, striped tie, jeans and loafers – and pretty young girls in little blue suits and air-hostess silk scarves wearing a touch of make-up *à la* Lolita. Their expression was one of utter seriousness as they walked through the school gates, and you would have thought they were adult dwarfs were it not for the brightly coloured rucksacks on their backs – all the same make, as per a directive from the Ministry of Education, but distinguished by the slogans and stickers on them: paraphernalia associated with idols of screen and stage, glittering stars, puppies, kittens and little monsters, declarations of love for classmates, famous singers and voluptuous TV babes, badges of sports cars and superbikes, and the occasional political insignia, skull and crossbones or mini-swastika inserted between a *Sieg Heil* and an *I love Chiara*. And a whole series of expressions of love and generosity such as *There's only one Nino, Rosanna's fantastic, Kim's a star, Piero for ever*, each one written in pink or yellow fluorescent pen and framed with little birds and love hearts, in surprising contrast to what graced the walls of the school – a selection of ruthless graffiti such as *Nino's queer, Rosanna sucks Monaldo, Kim's a dickhead, Piero's a junkie*, all embellished with sketches of male organs, other anatomical details and more swastikas.

You could conclude that these children were developing split personalities: an angelic streak which they liked to wear on their clothes, rucksacks and lambrettas, and a devilish streak which they got out of their system by smearing it over the walls like shit.

The ringing of the bell was interrupted by an advert for a well-known brand of snack broadcast over all floors of the building by the school tannoy. The presidential portrait, six metres by six, with its

metri per sei campeggiava all'ingresso con sorriso pastorale e lievemente ebete. Ma per qualche scherzo o riflesso di luce, gli occhi indulgenti del Presidente si accesero di una luce severa nel vedere entrare, in ritardo e un po' stracciato, l'alunno Zeffirini.

Era costui un dodicenne bruttarello, coi capelli regolarmente corti, ma con una specie di corno impettinabile e ribelle al centro del cranio, una cresta di pollo, una pinna natatoria che lo faceva sembrare un gatto col pelo ritto. Era costellato di brufoli, malgrado esistessero in vendita, anche nel supermarket interno della scuola, varie creme astringenti e leviganti, il nodo della cravatta era sghembo, la camicia sbucava fuori dai pantaloni e lo zaino, monco di una bretella, ciondolava malamente.

Zeffirini prese la rincorsa nell'ampio corridoio, tentando una lunga scivolata fino alla scala, ma la sua traiettoria terminò proprio contro il diaframma del preside Amedeo, il quale essendo anche professore di ginnastica, virilmente resse l'urto.

– Zeffirini, ancora lei – disse severo – sempre in ritardo.

– Ho perso l'autobus, professore.

– E come mai non ha ancora un motorino, Zeffirini? Ne dovrò parlare con i suoi genitori . . .

– Dicono che sono troppo piccolo.

– Piccolo, piccolo. A dodici anni si è già cittadini a pieno titolo!

– Posso andare? – disse Zeffirini. Era suonata la seconda campanella.

– Sì. Anzi no. Un momento . . .

Il preside esaminò lo zainetto d'ordinanza con aria allarmata.

– Se è per la bretella, l'aggiusto subito – assicurò il bambino.

– Non è per la bretella – disse il preside. – Come mai lei non ha adesivi o gadget o scritte sullo zaino? Non trova nulla che le piace, in questo paese?

La campanella suonò la terza e ultima volta, seguita da una pubblicità di videogiochi. Zeffirini fece segno che non poteva aspettare, mollò il preside e salì, divorando gli scalini tre a tre.

Arrivò appena in tempo. Il suo compagno di banco, Ricci, lo

caring but somewhat obtuse smile, stood proud in the entrance hall, but by some trick of the light, the normally benevolent eyes of the President lit up angrily on seeing young Zeffirini arriving late, looking a bit of a mess.

Zeffirini was an unprepossessing twelve-year-old; his regulation short hair had a kind of unbrushable and rebellious tuft on top, a cockscomb, a shark's fin, which made him look like a cat with its hair standing on end. He was covered in spots, even though a wide range of astringent and smoothing creams was now on sale, even in the school's own internal supermarket. His tie was crooked, his shirt was hanging out and his rucksack, minus one strap, dangled awkwardly.

Taking a run up along the wide corridor, Zeffirini attempted a long slide to the foot of the stair, but his trajectory was prematurely ended by the diaphragm of Signor Amedeo, the Principal, who, being a PE teacher as well, manfully withstood the collision.

'Zeffirini, you again,' he said angrily. 'Always late!'

'I missed the bus, sir.'

'And why haven't you got a moped yet, Zeffirini? I'm going to have to speak to your parents about this.'

'They say I'm too young.'

'Young, young! You're twelve years old, so you're already a fully-fledged citizen.'

'Can I go now?' said Zeffirini. The second bell had already rung.

'Yes – er, no. Just a moment . . .'

The Principal examined his regulation rucksack with a concerned air.

'If it's the strap you're worried about, I'll repair it right away.'

'It's not the strap I'm worried about,' said the Principal. 'Why haven't you got any stickers or badges or slogans on your rucksack? Can't you find anything you like in this country?'

The bell rang for the third and last time, followed by an advert for a new videogame. Zeffirini gestured to show that he could not wait any longer, disengaged himself from the Principal and shot up the stairs three at a time.

He just made it. His neighbour, Ricci, greeted him with regal

salutò con regale indifferenza e ritornò alla lettura del suo motocate-chismo. Da dietro, il giovane Milvio gli soffiò nell'orecchio:

– Zeffirini oggi ti interrogano e ti fanno un culo così,[4] brufo-loso di merda.

– Può essere – disse Zeffirini, prese il righello e girandosi di scatto tirò una sciabolata in faccia a Milvio, che da dietro cercò di strangolarlo, ma si separarono di colpo essendo entrata la profe di lettere.

Era una profe piccola e severa, con la divisa governativa così ben stirata da sembrar di eternit.[5] Si sedette e posò il registro sulla cattedra con gesto solenne.

– Qualcuno chiuda la finestra – disse senza alzare gli occhi.

Le finestre erano tutte chiuse, ma il capoclasse Piomboli si alzò lo stesso, e smaneggiando la maniglia fece finta di chiudere ulteriormente. Si udirono le note dell'inno nazionale.

– Tutti in piedi – ordinò la profe.

La musica salì alta, e in patriottico karaoko le voci chiare e squillanti intonarono le immortali parole, taluni con la mano sul cuore, talaltri grattandosi il culo, taluni a voce flebile, talaltri tonante.

> *La mia patria è una e forte*
> *nostro padre è il presidente*
> *duramente duramente*
> *duramente studierò*
> *patria bella del mio cuo-o-o-or.*

La musica sfumò. Ci furono venti secondi di propaganda per le imminenti elezioni amministrative e poi i fanciulli sedettero in perfetto silenzio. Era giorno di interrogazioni,[6] e quando l'inse-gnante aprì il registro, fu come se ne uscisse un'aria mefitica, un odore di tomba scoperchiata.

– Oggi interroghiamo . . . – disse. Seguì una pausa ragge-lante. Il futuro del paese si rattrappì, alcuni in posa fetale, altri tappandosi le orecchie, altri scomparendo sotto il banco, altri guardandosi negli occhi come a implorare reciproco aiuto,

indifference before returning to his reading of the motorbike cat-echism. Behind him, young Milvio whispered in his ear:

'Zeffirini, you're being tested today and you're going to get stuffed, you spotty twat.'

'Maybe I am,' said Zeffirini, picking up his ruler. He span round and took a swipe at Milvio's face. Milvio then tried to strangle Zeffirini from behind, but they quickly left each other alone when their Italian teacher came in.

She was a small, strict teacher with a regulation uniform so well ironed that it looked like eternit. She sat down and solemnly placed the register on her desk.

'Someone close the window!' she said without looking up.

The windows were already closed, but Piomboli, the head of the class, got up anyway, fiddled with a handle and pretended to close it again. The introduction to the national anthem could be heard.

'Everyone stand up,' ordered the teacher.

The music got louder and the unbroken, squeaky voices began to sing the immortal words in the style of a patriotic karaoke, some with their hand on their heart, others scratching their backsides, some hesitantly, others as loud as possible.

> *My country is one and strong*
> *The president is our father*
> *I will work as hard as I can*
> *As hard as I can*
> *Beautiful country of my heart.*

The music faded out. There followed twenty seconds of propa-ganda for the imminent local elections before the children sat down in absolute silence. It was test day, and when the teacher opened the register, it was as if a stench of plague rose from it, the smell of an opened tomb.

'Today I'm going to be testing . . .' she said. In the pause that fol-lowed the flower of the nation's youth froze, numb with fear; some huddled in foetal pose, others blocked their ears, some disappeared under their desks, others looked at each other as if to beg for

perché in quel momento tutti erano uguali, un povero sparuto branco di uccellini davanti al fucile puntato.

– Zeffirini! – sparò il fucile.

Le membra si decontrassero e i visi si distesero, molti sorrisero scambiandosi caramelle. Tutti guardarono poi Zeffirini, l'uccellino colpito, che si dirigeva con le alette basse verso la cattedra, mentre un'unica voce sembrava accompagnarlo, solidale, nel suo cammino:

Cazzi tuoi, sfigato.

La profe, dietro gli occhiali dorati, considerò l'aspetto dell' alunno con un certo disprezzo. Zeffirini non la guardava, cercando di arrotolare una scoria nasale recentemente estratta e di smaltirla ecologicamente. Guardò fuori dalla finestra. Vide un merlo su un ramo. Si incantò.

– Oggi ti interrogo in letteratura – disse la maestra. – Hai studiato?

– Sì signora maestra – rispose Zeffirini. Il merlo volò via.

– Spiegami allora l'evoluzione del presentatore nella storia della cultura italiana . . .

– Ehm . . . sì, allora, inizialmente il presentatore aveva funzioni diciamo così di presentare e basta . . .

– Ma guarda – disse perfida la maestra – un presentatore che presenta. Strano, no?

La classe rise.

– Volevo dire – tentò di proseguire Zeffirini – che non gli era richiesto di educare anche culturalmente, però educava ad esempio con le domande dei quiz, o presentando ospiti interessanti . . . poi ci fu la nascita del talk-show . . .

– La data precisa?

– Credo . . . 1975 . . . no? . . . 1973?

– Non lo sai . . . 16 gennaio 1976, con la prima puntata di 'Dillo al divano'. Come si chiamava il presentatore? Se non lo sai torni al tuo posto.

– Costantini . . .

– Esatto. Citami qualche altro programma di Costantini.

reciprocal help, for in that moment they were all in the same position, a helpless flock of birds with a rifle aimed in their midst.

'Zeffirini!' The rifle went off.

Limbs were unclenched, faces relaxed, many smiled, exchanging
sweets. Everyone then looked at Zeffirini, the little bird who had
been hit, as he approached the teacher's desk with his wings down,
whilst a single, approving voice seemed to accompany him on his
journey:

Tough shit, mate.

The teacher, from behind her gold-rimmed glasses, examined the face
of the pupil with some contempt. Zeffirini was not looking at her; he was
trying to roll up a piece of recently extracted nasal waste with a view to
disposing of it in an ecologically sound manner. He looked out of the
window and saw a blackbird on a branch. He seemed to be entranced.

'Today I'm going to test you on your Italian,' said the teacher.
'Have you been studying?'

'Yes, miss,' answered Zeffirini. The blackbird flew away.

'Then tell me about the evolution of the TV presenter in the
history of Italian culture . . .'

'Er . . . yes, well, initially the TV presenter's role was, basically,
to present and that's all . . .'

'Well, well!' said the teacher sarcastically. 'A TV presenter who
presents. Now isn't that strange?'

The rest of the class laughed.

Zeffirini attempted to go on. 'I meant that they weren't required
to educate their audience culturally as well, but then later they did
educate them, for example with questions in quiz shows, or by having interesting guests . . . and that was how the talk show started . . .'

'The exact date?'

'I think it was 1975, wasn't it? . . . Or 1973?'

'You don't know, do you? It was 16 January 1976 with the first episode of *Say It on the Sofa*. What was the presenter's name? If you
don't know, go back to your place.'

'Costantini . . .'

'That's right. Now tell me the names of some of Costantini's other

E poi dimmi, quale fu la grande scoperta culturale di Costantini, quella per cui oggi lo ricordiamo?

– Costantini subito dopo fece il programma 'Il paese domanda'. La sua grande scoperta è ... è ... dunque ...

– Il pulsante – suggerì qualcuno dal fondo.

– Il pulsante – disse Zeffirini.

– No, no, ignorante, ignorante! – gemette la profe, prendendosi la testa tra le mani. – Chi sa rispondere?

Una selva di manine decorate di braccialettini si levò.

– Rispondi tu, Fantuzzi.

– La grande scoperta culturale di Costantini – disse l'esile bionda Fantuzzi – è la moviola. Fu lui per primo, nel 1970, a far rivedere un gol due volte. Anche se non fu lui a scoprire il ralenti, ma un geniale telecronista di provincia, Bottura, che ...

– Brava, Fantuzzi – disse la profe – preferisci un nove[7] o un Diario Rosa, il Diario della Bambina Studiosa con tutte le foto dei tuoi attori preferiti?

– Il nove, di diari ne ho già tre – disse educatamente la Fantuzzi.

– Bene! Invece tu, Zeffirini, male!

Zeffirini annuì, attaccando la scoria alla videolavagna.

– Ti do una seconda possibilità: in quale capolavoro della letteratura televisiva del Novecento è contenuto questo famoso brano, che ti leggo: *Io me ne vado, perché devo. Ma sappi che ovunque sarò, io ti porterò con me. Perché non posso dimenticare quello che c'è stato tra noi e anche se tu sei la moglie del mio migliore amico, e le nostre aziende sono in concorrenza, i giorni che ho trascorso con te in quella scuola di vela sono stati i più belli della mia vita, un sorso d'acqua fresca nel deserto arido dell'esistenza, e perciò io me ne vado, perché devo. Ma sappi che ovunque sarò, ti porterò con me, perché ...* Sai andare avanti, Zeffirini?

– Ehm ... *perché non posso dimenticare ...?*

– No.

– *Perché sei l'unico vero amore della mia vita?*

– No.

programmes. And then tell me what Costantini's great cultural discovery was, the one for which we all remember him today.'

'Immediately afterwards Costantini did a programme called *The Country Wants to Know*. His great discovery is . . . is . . . er . . .'

'The finger-on-the-buzzer round,' suggested a voice from the back of the class.

'The finger-on-the-buzzer round,' said Zeffirini.

'No, no, you idiot!' groaned the teacher, putting her head in her hands. 'Who knows the answer?'

A mass of hands adorned with little bracelets went up.

'You answer, Fantuzzi.'

'Costantini's great cultural discovery,' said Fantuzzi, a slight, blonde little girl, 'was the action replay. It was he who, for the first time in 1970, showed a goal twice. Although it wasn't he who discovered the slow-motion replay, but a brilliant commentator from the provinces, Bottura, who . . .'

'Well done, Fantuzzi,' said the teacher. 'Shall I put nine out of ten down in my mark book or would you rather have a copy of *Polly's Diary for Clever Girls* with all the pictures of your favourite film stars?'

'I'll have the nine, please. I've already got three diaries,' she said politely.

'Good. But Zeffirini, this is very poor.'

Zeffirini nodded, sticking his nasal waste on the videoscreen.

'I'll give you another chance. From which masterpiece of twentieth-century television does the following extract come? I'll read it to you: *I'm leaving because I have to. But you can be sure that wherever I am, you'll be with me. Because I can't forget what it's been like between you and me, and even if you're my best friend's wife and our companies are in competition with each other, the days that I spent with you in that sailing school were the most wonderful days of my life, a breath of fresh air in the barren desert of existence, and so I'm leaving because I have to. But you can be sure that wherever I go you'll be with me, because* . . . Can you tell me the next line, Zeffirini?'

'Er . . . *because I can't forget* . . . ?

'No.'

'*Because you're the only true love of my life?*'

'No.'

– *La donna che ho sempre sognato?*

– No.

– *Perché io ti amo più di me stesso?*

– È chiaro che stai tirando a indovinare . . . e adesso almeno dimmi, chi è lui, chi è lei e qual è il capolavoro citato?

– Non lo so – disse a testa bassa Zeffirini.

– Chi lo sa?

Manine alzate.

– Piomboli.

– Lui è Ronson Cormack, lei è Mary Ann Keeler, il capolavoro televisivo è 'Money loves money' e queste parole vengono pronunciate nell'ultima puntata della prima serie, la numero 500.

– E perché sono famose, Piomboli?

– Perché sono le ultime parole pronunciate dall'attore Chris Wallace che impersonava Ronson, e due giorni dopo morì investito da un windsurf e il suo posto venne preso da William Craig Lennox che ha poi impersonato Ronson fino ai nostri giorni.

– Bravo Piomboli, nove . . .

– Ho già tanti bei voti, potrei avere il videogioco 'Morte in autostrada'?

– Certamente – disse la profe. Aveva un debole per Piomboli perché era biondo, elegantissimo, studiosissimo e nipote del sindaco. Lo guardò con aria materna e poi riciclò il suo sguardo in gelida indifferenza verso Zeffirini, che dondolava su una gamba, in silenziosa ebetudine.

– Zeffirini, ti dovrei mandar via con un due, ma faccio un ultimo tentativo. Hai fatto il compito a casa? Hai imparato un pezzo di telegiornale a memoria?

– Ehm . . . un pezzo piccolo . . .

– Avanti.

– Il presidente del consiglio ha parlato oggi dei grandi passi avanti della nostra economia . . . ehm . . . in quanto . . . ha detto che l'inflazione . . . cioè la deflazione . . .

– Lo sai o non lo sai?

– No, signora maestra. Ieri non ho potuto studiare.

– E perché?

'*The woman of my dreams?*'

'No.'

'*Because I love you more than I love myself?*'

'You're clearly making wild guesses . . . now at least tell me who he is, who she is, and the name of the masterpiece in question.'

'I don't know,' said Zeffirini, looking at the floor.

'Who knows?'

Hands in the air again.

'Piomboli.'

'He's Ronson Cormack, she's Mary Ann Keeler, the name of the epic TV series is *Money Loves Money* and these words are spoken in the final episode of the first series, episode 500.'

'And why are they famous, Piomboli?'

'Because they are the last words spoken by the actor Chris Wallace who was playing Ronson, and two days later he was killed in a windsurfing accident and his place was taken by William Craig Lennox who has played Ronson up until now.'

'Well done, Piomboli. I'll give you nine . . .'

'I've already got lots of good marks. Could I have the *Death on the Motorway* videogame?'

'Of course,' said the teacher. She had a soft spot for Piomboli because he was blond, very elegant, very hard-working and the nephew of the mayor. She looked at him with a maternal air before resuming her expression of icy indifference as she turned to Zeffirini, who was silently rocking backwards and forwards on one leg like an idiot.

'Zeffirini, I ought to send you away with two out of ten, but I'm going to make one last effort. Have you done your homework? Have you learnt a section of the TV news by heart?'

'Er . . . a little bit . . .'

'Go on, then.'

'The President spoke today about a significant step forward in our economy . . . er . . . as . . . he said that inflation . . . I mean, deflation . . .'

'Do you know it or don't you?'

'No, miss. I couldn't do any work yesterday.'

'And why not?'

– Non ho guardato la televisione, ieri. Non ci riuscivo, mi facevano male gli occhi.

– Ah è così? – disse la maestra. – Il nostro Zeffirini non ha potuto guardare la televisione perché gli facevano male gli occhi. Ma senti, senti! E cosa ha fatto invece di studiare il nostro Zeffirini?

– Si è schiacciato i brufoli – suggerì una voce dal fondo.

– Silenzio! Allora Zeffirini, cos'hai fatto invece di studiare?

– Ho letto.

La profe trasalì.

– Hai letto . . . cosa?

– Un libro di animali, signora maestra.

– Perché?

– Perché mi piacciono gli animali. Se vuole le posso elencare le distinzioni dei pesci in generi e classi, oppure le posso parlare dei delfini e delle grandi spedizioni oceanografiche . . .

– Non è nel programma, Zeffirini! Quando avrai fatto i tuoi compiti, potrai leggere tutti i libri che vuoi, ma prima no! Da quando non guardi il telegiornale, Zeffirini?

– Sei giorni.

Un mormorio scandalizzato percorse l'aula.

– E dimmi allora, come facevi a sapere l'inizio del telegiornale di ieri?

– Perché comincia quasi sempre nello stesso modo – disse Zeffirini. Vide che il merlo era tornato sul ramo.

La profe assunse un'aria molto seria, come se quello che stava per dire le dispiacesse veramente.

– Vedi, Zeffirini, ho cercato di aiutarti in tutti i modi. Ti ho già interrogato tre volte. Ma a questo punto si rende necessaria una decisione. Dovrò chiedere al consiglio di classe che tu sia assegnato a un collegio di rieducazione.

– Certamente – disse Zeffirini. Il merlo saltellava, come a lanciare dei segnali.

– Sembra che non te ne importi nulla – sibilò, irritata. – Sai che c'è gente che resta in collegio anche dieci, dodici anni? Sai che lì non puoi dire 'non vedo la televisione',

'I didn't watch television yesterday. I couldn't, my eyes were hurting.'

'So that's it,' said the teacher. 'Our friend Zeffirini couldn't watch television because his eyes were hurting. Well, well! So what did our friend Zeffirini do instead of his homework?'

'He squeezed his spots,' suggested a voice from the back.

'Quiet! Well, Zeffirini, what did you do instead of studying?'

'I read a book.'

The teacher gave a start.

'You read a book . . . What about?'

'It was a book about animals, miss.'

'Why?'

'Because I like animals, miss. If you like I can list the different genera and species of fish for you, or I can tell you about dolphins and about the great oceanographic expeditions . . .'

'It's not on the syllabus, Zeffirini! When you have done your homework you can read all the books you like, but not before! How long is it since you've watched the news, Zeffirini?'

'Six days.'

A murmur of outrage ran through the classroom.

'So tell me how you knew the beginning of last night's news, then.'

'Because it nearly always begins in the same way,' said Zeffirini. He noticed that the blackbird had returned to its branch.

The teacher began to look very serious, as if she found it genuinely difficult to say what she was about to say.

'Look, Zeffirini, I've tried to help you in every possible way. I've already tested you three times. But now we are going to have to make a decision. I'm going to have to ask the school authorities to transfer you to a special school.'

'Of course,' said Zeffirini. The blackbird was jumping up and down as if it was trying to say something.

'It seems you don't care at all,' she hissed angrily. 'Do you know that there are people who stay at a special school for ten, twelve years? Do you know that there you can't say, "I don't watch

perché ci sono sei ore obbligatorie al giorno, e sai
che . . .

– Certamente – disse Zeffirini, e si avviò verso la finestra.

– Che fai? Torna qui, non ho ancora finito! Voglio darti
un'ultima possibilità. Se entro una settimana impari a memoria,
senza sbagliare una virgola, il discorso natalizio a reti unificate
del presidente, posso anche evitare il provvedimento. Però
dovrai curare di più il tuo aspetto, i vestiti, quei brufoli orrendi,
e dovrai venire alle lezioni di religione anche alla domenica.
Cosa mi rispondi?

– Certamente – disse Zeffirini, aprì la finestra e saltò giù.

Era al primo piano e non si fece quasi nulla. Il merlo, incurio-
sito, gli saltellò intorno. Il bambino si rialzò ridendo, anche se
gli faceva male dappertutto. La maestra azionò l'allarme,
per segnalare la fuga alla guardia armata sulla torretta della
scuola. Ma Zeffirini fu fortunato. La guardia stava seguendo la
partita a tutto volume. Altrimenti, sul monitor alle sue spalle,
avrebbe visto Zeffirini correre via, veloce come il vento, col
merlo dietro.

television," because there are six hours of compulsory television per day, and do you know that . . .'

'Of course,' said Zeffirini, walking over to the window.

'What are you doing? Come back here, I haven't finished! I want to give you one last chance. If within a week you can learn the presidential speech shown on all channels last Christmas without making a single error, I can still prevent these drastic measures from taking place. But you will have to make more of an effort to smarten yourself up and do something about your clothes and those revolting spots, and you'll have to come to Religious Education lessons on Sundays. What have you got to say for yourself?'

'Of course,' said Zeffirini, opening the window and jumping out.

He jumped from the first floor so he hardly injured himself at all. The blackbird was curious and started hopping around him. The little boy got up laughing, even though he was hurting all over. The teacher set off the alarm to alert the armed guard at the top of the school tower that a pupil had escaped. But Zeffirini was lucky. The guard was watching the football with the volume turned right up. Otherwise, on the monitor behind him, he would have seen Zeffirini running away like the wind, with the blackbird behind him.

Saturday Afternoons

ANTONIO TABUCCHI

Translated by Edward Williams

I pomeriggi del sabato

Era in bicicletta, disse la Nena, aveva in testa un fazzoletto coi nodi, l'ho visto bene, anche lui mi ha visto, voleva qualcosa qui di casa, l'ho capito, ma è passato come se non potesse fermarsi, erano le due precise.[1]

La Nena allora portava una apparecchio di metallo sui denti superiori che si ostinavano a crescerle sghembi, aveva un gatto rossiccio che chiamava 'il mio Belafonte' e passava la giornata a canticchiare Banana Boat, o preferibilmente a fischiettarla, perché grazie ai denti il fischio le riusciva benissimo, meglio che a me. La mamma sembrava molto seccata, ma di solito non la sgridava, si limitava a dirle ma lascia in pace codesta povera bestiola, oppure, quando si vedeva che era malinconica e fingeva di riposare in poltrona e la Nena correva nel giardino, sotto gli oleandri, dove aveva installato il suo pied-à-terre, si affacciava alla finestra scostandosi una ciocca di capelli che le si era incollata per il sudore e lassamente, non come se stesse facendo un rimprovero, ma quasi fosse un suo lamento privato, un litania, le diceva ma smettila di fischiare codeste scemenze, ti pare il caso, e poi lo sai che le bambine perbene non devono fischiare.

Il pied-à-terre della Nena consisteva nella sdraio di tela azzurra che era stata la prediletta di papà e che lei aveva appoggiato ai due coppi di terracotta coi ligustri, a mo' di parete. Sull'aiuola che serviva da pavimento aveva disposto tutte le sue bambole (le sue 'amichette'), il povero Belafonte legato al guinzaglio e un telefono di latta rossa, un regalo che la zia Yvonne mi aveva fatto l'anno precedente per il mio onomastico e che io le avevo poi passato. Del resto non mi era mai piaciuto, era un giocattolo insulso e assolutamente inadeguato a un ragazzo della mia età, ma bisognava avere pazienza ed essere educati, diceva

Saturday Afternoons

He was riding a bike, said Nena, he had a knotted handkerchief on his head, I got a good look at him and he saw me too. He wanted something from the house, I could see that, but he cycled past as if he couldn't stop, it was two o'clock on the dot.

At the time Nena had a metal brace on her top teeth because they seemed determined to grow crooked, she had a ginger cat which she called 'my Belafonte', and she spent the day humming 'Banana Boat' or, given the choice, whistling it, because thanks to her teeth she found whistling really easy, much easier than I did. Mother seemed very annoyed but she rarely scolded her, merely saying, Leave that poor creature in peace, or, when you could see that she was feeling sad and she would pretend to have a rest in the arm-chair, if Nena ran into the garden, where she'd set up her little play-house under the oleanders, Mother would appear at the window, brushing aside a lock of hair which was sticking to her with sweat and, wearily, not really telling Nena off, but almost as if she were reciting a kind of private lament, or litany, she would say, Stop whistling that stupid tune for Heaven's sake, what do you think you're doing, and anyway you know that well-brought-up little girls don't whistle.

Nena had built her play-house by propping the blue deck-chair which had been Father's favourite against the two terracotta pots with the privet bushes in them to make a wall. On the flower-bed which formed the floor she had laid out all her dolls (her 'little friends'), poor old Belafonte tied to a lead, and a red tin telephone, a present which Aunt Yvonne had given me for my birthday the year before and which I had passed on to Nena. Anyway I'd never liked it, it was a stupid toy, hopelessly inappropriate for a boy of my age, but we had to put up with it and be polite, Mother said, Aunt

la mamma, la zia Yvonne non aveva figli, non perché non li avesse desiderati, poveretta, e non aveva proprio nozione di quali fossero i giocattoli adatti a un ragazzo. Per la verità la zia Yvonne non aveva proprio nozione di nulla, nemmeno di cosa dire in certe circostanze, era così sbadata, faceva sempre tardi agli appuntamenti e quando arrivava a casa nostra sul treno aveva sempre dimenticato qualcosa, ma anche così non c'era un male, diceva la mamma, per fortuna ti sei dimenticata qualcosa, altrimenti poveri noi; e la zia Yvonne sorrideva come una bambina colpevole, guardando imbarazzatissima tutti i bagagli che aveva depositato nell'ingresso, mentre per strada il taxi suonava per ricordarle che doveva ancora pagare. E così, per il suo carattere, aveva commesso 'una gaffe imperdonabile', come aveva detto peggiorando la situazione mentre la mamma singhiozzava sul divano (ma poi la mamma l'aveva perdonata subito), quando era arrivata a casa nostra dopo la disgrazia annunciandosi con una telefonata che aveva ricevuto il vecchio Tommaso, dal quale si era accomiatata dicendo ossequi al signorino ufficiale, e quello stupido di Tommaso lo aveva ripetuto piangendo come un vitello, ma cosa ci si voleva fare, era arteriosclerotico, e anche da giovane non è che fosse troppo brillante, avevo sempre sentito dire; lo aveva ripetuto mentre la mamma parlava col notaio in salotto, quel giorno infernale in cui aveva dovuto pensare a tutto, 'a tutto meno a quello a cui avrei voluto veramente pensare, sola col mio dolore'. Ma il fatto era che quel commiato la zia Yvonne lo ripeteva da anni, era una battuta che risaliva al Quarantuno, quando il babbo e la mamma erano fidanzati, lui era ufficiale a La Spezia, perché lei e la zia Yvonne facessero le ferie aveva affittato a Rapallo una villetta la cui proprietaria era una signora tutta compita che non perdeva occasione per mettere in rilievo le sue origini aristocratiche, del resto assai discutibili, e amava fare conversazione annaffiando il giardino mentre la mamma e la zia Yvonne stavano sul terrazzo a prendere il fresco, e accomiatandosi diceva sempre ossequi al signorino ufficiale, il che faceva ridere a crepapelle la zia Yvonne, pronta-

Yvonne didn't have any children, not because she hadn't wanted any, poor thing, and she really had no idea what were the right toys to get for boys. If truth be told, Aunt Yvonne really had no idea about anything, not even about what to say in certain circumstances, she was so scatty, she was always late for appointments and when she came to visit us by train she had always left something behind, but even that wasn't a bad thing, Mother used to say, it's lucky you've left something behind otherwise there wouldn't be room for the rest of us; and Aunt Yvonne would smile like a naughty child, looking with acute embarassment at all her luggage in the hall while outside in the street the taxi driver was sounding his horn to remind her that she still hadn't paid. And so, because that was the way she was, she had committed an 'unforgivable gaffe', as she had called it, making the situation even worse, while Mother sobbed on the sofa (but in fact Mother had forgiven her instantly), when she arrived at our house after the accident. She had announced her arrival by phone and old Tommaso had answered and when she had said good-bye with the words, Give my respects to the young officer, that fool Tommaso had repeated the phrase, crying like a baby, but what could you do, he had hardening of the arteries and I'd always heard people say that even as a young man he hadn't exactly been top of the class; he had repeated the phrase while Mother was talking to her solicitor in the drawing room, that hellish day when she had had to think of everything, 'everything except what I should like to have been thinking of, alone with my grief'. But the fact was that Aunt Yvonne had been using that phrase for years, it was a joke which dated back to 1941, when Father and Mother were engaged, and he was an officer in La Spezia; so that she and Aunt Yvonne could go on holiday he had rented a small villa in Rapallo and the villa's owner was a frightfully well-bred lady who was forever mentioning her aristocratic background, which was actually pretty dubious, and who loved to engage in conversation while she was watering the garden and Mother and Aunt Yvonne sat on the terrace in the cool of the evening; she always took her leave with the words, Give my respects to the young officer, which made Aunt Yvonne crack up –

mente ritiratasi dal terrazzo per sfogarsi come una matta.

Dunque la mamma, quei dopopranzi estivi, mentre giaceva in poltrona con gli occhi coperti da un fazzoletto, se sentiva la Nena fischiettare Banana Boat sospirava e lasciava perdere. Cosa le vuoi fare, povero tesoro, avevo sentito dire la zia Yvonne, se non è felice alla sua età quando vuoi che lo sia, ma lasciala stare. E la mamma, con gli occhi lustri, aveva annuito torcendosi le mani.

La zia Yvonne era venuta ad accomiatarsi al principio di maggio, aveva un'aria contrita nella sua aria sbadata, aveva detto mia cara tu capisci, non ne possiamo fare a meno, cosa vuoi Rodolfo qui non ci può più stare, lo sai che gli si sono tutti buttati addosso come sciacalli, non passa giorno che non è sulle pagine finanziarie, così non si vive più, nemmeno fosse il presidente della Banca d'Italia, e poi sai, quella carica in Svizzera è una cosa di prestigio, figli non ne abbiamo avuto, per nostra disgrazia, la sua unica soddisfazione ormai è la carriera, non gli posso mica ostacolare il senso della sua vita, sarebbe *disumano*, però Losanna non è mica in capo al mondo, ti pare?, una volta l'anno almeno ci vediamo, anzi a settembre noi siamo qui senz'altro, e quando volete venire voi la casa è aperta. Era una domenica mattina. La mamma si era messa una veletta nera, perché era già pronta per la messa, stava immobile su una sedia e guardava fisso davanti a sé, oltre la zia Yvonne che le sedeva di fronte, oltre il buffet del salotto che stava dietro la zia Yvonne, e faceva di sì con la testa lentamente, con calma e rassegnazione, e con un'aria di comprensione e di tenerezza.

Le domeniche erano diventate molto più tristi, senza le visite della zia Yvonne. Almeno quando veniva lei c'era un po' di movimento, magari di confusione, perché piombava all'improvviso e il telefono squillava finché lei restava in casa, e anche dopo; inoltre si metteva un grembiuletto da cucina che risultava buffissimo su quei vestiti di gran classe che usava – lunghe gonne di seta, camicette di chiffon, il cappellino elegante con la camelia di organza – e conciata in quel modo dichiarava che avrebbe preparato un manicaretto francese, mousse Versailles,

after beating a hasty retreat from the terrace she would burst out laughing like a lunatic.

So on those summer afternoons while she lay in the armchair with a hankerchief over her eyes, if Mother heard Nena whistling 'Banana Boat', she used to sigh and let it pass. What do you expect, poor treasure? I'd heard Aunt Yvonne say; if she's not happy at her age when will she be happy, so leave her be. And Mother, her eyes glistening, had nodded in agreement, wringing her hands.

Aunt Yvonne had come to say goodbye at the beginning of May, looking contrite as well as scatty. She'd said, My dear, you do understand, we can't not, what do you expect, Rodolfo can't stay here, you know they've all thrown themselves at him like a pack of jackals, not a day goes by without him appearing in the financial pages, we can't live like this any more, not even if he were Governor of the Bank of Italy, and you know, the job in Switzerland is a really prestigious one, we haven't had children, which is a great sadness, so his only satisfaction is his career, I can't block the direction his life is taking, it would be *inhuman*, and anyway Lausanne isn't on the other side of the world, is it? We'll see each other at least once a year, in fact we'll definitely spend September here, and when you want to come and see us, our house will always be open. It was a Sunday morning. Mother had just put on her black veil, ready for mass, and was sitting motionless on a chair staring straight in front of her, past Aunt Yvonne, who was sitting opposite her, past the sideboard in the drawing room which was behind Aunt Yvonne, and she nodded slowly, calmly, with a resigned look of understanding and affection.

Sundays had become much sadder without Aunt Yvonne's visits. At least when she came there was a bit of activity, commotion even, because she would arrive out of the blue and the telephone would ring throughout her visit and even afterwards; also, she would put on a kitchen apron which looked really funny on top of the posh clothes she used to wear – long silk skirts, chiffon blouses, that elegant hat with its organza camelia – and, dressed up like that, she would declare that she was going to prepare some French delicacy for us, mousse *à la* Versailles, for

per esempio, visto che in casa nostra il cibo era 'di una ovvietà raccapricciante'. Poi succedeva che all'ultimo momento la mamma doveva ricorrere all'ovvietà raccapricciante, fettine al limone e piselli al burro, perché fra una telefonata e l'altra la zia Yvonne avrebbe finito la mousse alle quattro del pomeriggio e io e la Nena, impazienti, ci aggiravamo per la cucina rubacchiando grissini e quadretti di formaggio. Ma anche così tutto quel trambusto metteva almeno un po' di allegria, anche se poi alla mamma toccava lavare sei o sette pirex; ma ad ogni modo la mousse restava per l'indomani, ed era proprio squisita.

Per tutto maggio e una parte di giugno le giornate passarono abbastanza svelte. La mamma era tutta presa dalle sue azalee, che quella primavera erano molto indietro, parevano riluttanti a manifestarsi, come se anche loro avessero sofferto con tutta la famiglia, i fiori sono così sensibili, diceva la mamma lavorando il terriccio, si accorgono perfettamente di quello che succede, sono sensitivi; e io ero impegnatissimo con la terza declinazione, specie i parisillabi e gli imparisillabi, non riuscivo mai a ricordarmi quelli che facevano in *um* e quelli che facevano in *ium*, la professoressa aveva detto questo ragazzino lo ha preso male fin dall'inizio dell'anno, confonde tutte le declinazioni, e poi cosa vuole cara signora, il latino è una lingua esatta, è come la matematica, se uno non c'è tagliato non c'è tagliato, lui è più bravo nella composizione libera, comunque può supplire con lo studio. E così avevo passato tutto il mese di maggio a cercare di supplire, ma evidentemente non avevo supplito abbastanza.

Il giugno passò così e così. Le azalee finalmente fiorirono, anche se non maestose come l'anno precedente, la mamma fu molto occupata a costruire loro una piccola serra con le stuoie, perché il sole guai, le faceva appassire in un batter d'occhio, e collocò i vasi in fondo al giardino, sotto il muro di cinta, dove il sole batteva solo dopo le cinque. Il povero Tommaso si dava da fare come un disperato, nonostante il tremore alle mani e il passo che non era più quello di una volta: cercava di rendersi utile come poteva, tagliava l'erba col falcetto, dava il rosso ai coppi dei limoni della terrazza, cercò anche di zolfare la pergola

example, seeing that the food in our house was 'depressingly ordinary'. Then at the last minute it always ended up with Mother having to resort to something 'depressingly ordinary', like steak with lemon juice and buttered peas, because what with one telephone call and another Aunt Yvonne wouldn't get the mousse finished until four in the afternoon and Nena and I would hang about impatiently in the kitchen, pinching bread-sticks and pieces of cheese. But even so, all that turmoil at least brought a little joy into things, even if Mother had to wash up six or seven Pyrex dishes; and anyway we had the mousse the next day and it was always absolutely delicious.

Throughout May and during part of June the days passed fairly quickly. Mother was completely preoccupied with her azaleas, which that spring had been well behind and seemed almost reluctant to come out, as if they had suffered along with the rest of the family – Flowers are so delicate, Mother would say as she dug the soil, they are well aware of what happens, they are sensitive. I was very taken up with the third declension, especially even and uneven syllables, I could never remember which nouns ended in *-um* and which in *-ium*. My teacher had said, This young man got off to a bad start at the beginning of the year, he muddles up all the declensions, and anyway what do you expect, my dear lady, Latin is a precise language, it's like mathematics, if you are not cut out for it you're not cut out for it, he is much better at free composition, however he could catch up with some hard work. And so I had spent the whole of May trying to catch up but clearly I had not caught up enough.

June passed one way and another. The azaleas finally came out, although they weren't as glorious as the year before, Mother was very busy building a kind of shelter for them out of rush mats, because if you weren't careful the sun would make them fade before you could blink, and she transferred the pots to the bottom of the garden, placing them under the garden wall where they were in the sun only after five o'clock in the evening. Poor old Tommaso busied himself around the garden like a man in despair, despite his trembling hands and his faltering steps; he tried to make himself as useful as he could, cutting the grass with the scythe, painting the pots the lemon trees were planted in on the terrace, he even once tried to treat

di zibibbo davanti alla porta della rimessa, che era infestata dai parassiti. Però faceva più danni che altro e se ne accorgeva, così pareva terrorizzato, del resto senza ragione, ma era difficile farglielo capire, e passava la giornata a ripetere alla mamma che non lo mandasse all'ospizio, per amore del signorino ufficiale che lui aveva amato come un figlio, perché all'ospizio lo avrebbero tenuto a letto e gli avrebbero fatto fare la pipì nel pappagallo, glielo aveva detto un suo cugino che lui andava a trovare la domenica, e lui piuttosto preferiva morire, non si era mai sposato, l'ultima volta lo aveva visto nudo sua mamma quando lui aveva quattordici anni, e l'idea di una signorina che gli faceva fare pipì nel pappagallo lo mandava in panico. Allora alla mamma venivano gli occhi lustri, gli diceva ma non dire sciocchezze Tommaso tu morirai qui questa è casa tua, e Tommaso avrebbe voluto baciarle le mani, ma la mamma si ritraeva e diceva che la smettesse con quella lagna, che lei di tristezze ne aveva già abbastanza e piuttosto pensasse a estirpare tutta quella gramigna che allignava sotto i ligustri, che faceva morire le piante.

Le giornate peggiori arrivarono alla fine di luglio, quando scoppiò una calura che dicevano non si sentiva da anni. La mattina, tanto tanto, era sopportabile, io mi mettevo i pattini e facevo un po' di esercizio sul vialetto di mattoni che andava dalla porta d'ingresso al muro di cinta, la mamma era occupata col pranzo, a volte teneva perfino la radio accesa, e questo era un buon segno, ma solo programmi parlati, come il notiziario o 'Gli ascoltatori ci scrivono', e se c'erano canzonette cambiava subito stazione. Ma i dopopranzi erano afosi e monotoni, carichi di malinconia e di silenzio, anche il ronzio lontano della città si quietava, pareva che sulla casa e sul giardino calasse una campana di vetro appannato nella quale uniche superstiti viventi erano le cicale. La mamma si metteva sulla poltrona del salotto con un fazzoletto umido sugli occhi e reclinava il capo sullo schienale, io stavo al piccolo scrittoio della mia anticamera, da dove potevo vederla se allungavo il collo, cercando di imprimermi nella mente *nix-nivis* e *strix-strigis* per vedere se rimediavo

the vine on the trellis around the garage door with sulphur, because it was infested with bugs. However, he did more harm than good and he knew it, and so he always looked terrified – for no good reason, although it was difficult to make him understand as much, and he spent the day asking Mother over and over again not to send him to the old people's home, for the sake of the young officer whom he'd loved like a son, because in the old people's home they would make him stay in bed and they would make him pee in a bed pan, a cousin of his who he went to see on Sundays had told him and he would rather die; he'd never got married, and the last time he'd been seen naked was when his mother saw him when he was fourteen, and the idea of some young lady making him pee in a bed pan sent him into a panic. And then Mother's eyes went all shiny and she would say, Don't talk nonsense, Tommaso, you'll die here, this is your home, and Tommaso would have kissed her hands but Mother took a step backwards and told him to stop his whining because she had enough sadness in her life already and instead would he please think about digging up all those weeds under the privet bushes which were smothering the plants.

The worst days came around the end of July when we were hit by a heatwave, people said there'd been nothing like it for years. The mornings were bearable, more or less, I would put on my roller skates and practise a bit on the brick drive that ran from the front door to the garden wall; Mother was busy with lunch, at times she would even have the radio on, which was a good sign, but only programmes with talking, like the news or *Listeners Write In*, and if they put on songs she would immediately change station. But the afternoons were heavy and monotonous, weighed down with sadness and silence, even the distant rumble of the town died away and it was as if the house and garden were covered with a frosted-glass bell-jar inside which the crickets were the only living survivors. Mother sat in the armchair in the drawing room with a damp handkerchief over her eyes and rested her head against the back of the chair, I would be sitting at the little desk in the study outside my bedroom from where I could see her if I craned my neck, trying to imprint *nix-nivis*, and *strix-strigis* on my memory to see if I could pass

a settembre, e la Nena la sentivo trafficare nel suo pied-à-terre canticchiando Banana Boat oppure scalpicciare sul vialetto perché portava a passeggio il suo Belafonte fino al cancello d'ingresso, povera bestia, e gli sussurrava andiamo a vedere un po' di mondo, caruccio: come se davanti a casa nostra ci fosse chissà che. Ma il viale a quell'ora era completamente deserto, non è che d'altronde in altre ore fosse molto frequentato. Di là dalla strada, oltre lo spiazzo dove sorgevano le prime villette, si vedeva la città, immersa in una nebbia tremolante, e a sinistra il viale moriva nelle campagne gialle punteggiate di alberi e di casolari isolati. Verso le cinque, ma non tutti i giorni, passava il carrettino del gelataio con un cassone fatto a gondola sulla quale erano dipinte la veduta di San Marco e la scritta SPECIALITA VENEZIANE. Era un omino che pedalava a fatica, soffiava in una trombetta d'ottone per richiamare l'attenzione, gridava a squarciagola: due coni zinquanta franchi! E poi, per il resto, era silenzio e solitudine.

Da quando la mamma, dopo quello che era successo, aveva preso a chiudere a chiave il cancello perché nessuno potesse entrare e noi non potessimo uscire, anche vedere il gelataio era meglio che niente. La mia professoressa aveva detto che sarebbe stato opportuno farmi avere delle lezioni private, ma la mamma aveva risposto che le pareva un po' difficile, facevamo tutti una vita molto ritirata, sperava la capisse, e che se non fosse stato per i fornitori avrebbe fatto togliere anche il telefono, lo manteneva solo per quella necessità o se tante volte uno si sentiva male, e del resto lo teneva staccato tutto il giorno perché non sopportava gli squilli. Precauzione forse eccessiva, perché tanto chi avrebbe mai telefonato da quando la zia Yvonne si era trasferita a Losanna?

La Nena l'aveva presa peggio di me quella nuova abitudine della mamma di non uscire più, ma lei non aveva la mia fortuna che potevo occupare i dopopranzi con i plurali in *ium*, non aveva niente da fare, poverina, alle elementari non rimandavano a settembre, e per un po' cercava di ingannare il tempo nel suo pied-à-terre oppure trascinando fino al cancello il suo Belafonte al guinzaglio a vedere un po' di mondo, ma poi si

the exams in September, and I could hear Nena pottering about in
her play-house, humming 'Banana Boat' or tramping up and down
the path taking Belafonte, poor thing, for a walk as far as the garden
gate and whispering to him, Let's go and see some people, my dear,
as if there was goodness knows who outside our gate. But at that
time of day the street was completely deserted, and in any case it
wasn't very busy at other times. Looking down the street, beyond the
cleared site where the new houses were being built, you could see
the town, wrapped in a shimmering haze, and to the left the road
disappeared off into the yellow countryside dotted with trees and
isolated cottages. At about five o'clock, but not every day, the
ice-cream man's cart would go past shaped like a gondola with a
view of St Mark's and the words 'Venetian Specialities' painted on
the side. It was pedalled along with immense effort by a little man
who would blow a brass trumpet to attract people's attention and
shout, Two cones, feefty francs! at the top of his voice. And then,
everything became silent and lonely again.

After what had happened, Mother had taken to locking the
gate so that no one could get in and we couldn't get out, and
ever since then even seeing the ice-cream man was better than
nothing. My teacher had said that it would be a good idea for
me to have some private lessons, but Mother had replied that
she thought that was a little difficult, we all lived a very
secluded life, she hoped she would understand, and if it hadn't
been for the deliveries she would have had the telephone
taken out, she kept it for that reason alone or in case someone
should feel ill, and anyway she kept it off the hook all day
because she couldn't stand the ringing. An excessive precaution
perhaps, since who would ring up now that Aunt Yvonne had
moved to Lausanne?

Nena had reacted worse than me to mother's new habit of not
going out any more, but she didn't have the good fortune that I had
to fill the afternoons with plurals in *-ium*, so she had nothing to do,
poor thing; at primary school no one has to re-sit exams in September, and for a while she tried to kill time in her play-house or by
dragging Belafonte on the leash as far as the gate to see people but

stufava, le passava anche la voglia di cantare Banana Boat e veniva in punta di piedi fino alla mia finestra e mi diceva mi annoio, vieni un po' nel mio pied-à-terre a giocare alle visite, io faccio la signora e tu l'architetto che mi fa la corte. La mandavo via sottovoce per non disturbare la mamma, e se insisteva le dicevo strix-strigis strix-strigis, che era un'offesa, lei lo capiva benissimo e si ritirava con un'aria furibonda facendomi le linguacce.[2]

Ma la mamma non dormiva e io lo sapevo. Mi ero accorto che a volte piangeva in silenzio, con la testa reclinata, vedevo due lacrime che le scivolavano sulle guance, di sotto al fazzoletto che le copriva gli occhi; e le mani in grembo, apparentemente immobili, erano percorse da un fremito impercettibile. Allora chiudevo la mia grammatica latina, per un po' fissavo pigramente la Minerva color seppia della copertina e poi scivolavo in giardino dalla porta a rete del retrocucina, dalla parte della rimessa, per non essere coinvolto dalla Nena nei suoi stupidi giochi in cui avrei dovuto fare l'architetto. Da quel lato l'erba era piuttosto alta, perché Tommaso non era stato in grado di tagliarla, e mi piaceva passeggiarci, immerso nella calura appiccicosa, sentendo le verze che mi accarezzavano le gambe nude, fino alla rete metallica del muricciolo che confinava con l'aperta campagna. Andavo alla ricerca di lucertole, che avevano nidificato da quella parte e che prendevano il sole immobili sui sassi, con il capo alzato e gli occhietti puntati verso il nulla. Avrei saputo anche catturarle con un laccio di giunco che mi aveva insegnato a costruire un mio compagno di scuola, ma preferivo osservare quei corpicini incomprensibili e sospettosi del più piccolo rumore, come assorti in una preghiera indecifrabile. Spesso mi veniva da piangere e non sapevo perché. Le lacrime mi scendevano senza che potessi farci niente, ma per il latino non era di certo, i parisillabi e gli imparisillabi ormai li sapevo a memoria, in fondo la mamma aveva ragione, per queste cose non c'era bisogno di andare a lezione e di uscire di casa, bastava un po' di studio. Solo che mi veniva voglia di piangere e allora mi sedevo sul muricciolo guardando le lucertole e pensando alle estati precedenti. Il ricordo che più mi faceva

then she got bored, she didn't even feel like singing 'Banana Boat' any more, and she would tiptoe up to my window and say, I'm bored, come to my play-house for a bit and play a game, I'll be the lady and you can be the architect who's courting me. I sent her away with a whisper so as not to wake Mother, and if she persisted, I would chant *strix, strigis, strix, strigis* like a curse, which she understood clearly enough and she would walk away furiously, sticking her tongue out at me.

But Mother wasn't asleep and I knew as much. I had noticed that at times she would cry silently, with her head resting against the chair; I could see a tear sliding down each cheek, below the handkerchief covering her eyes, and an almost imperceptible quiver ran through her hands which lay still in her lap. Then I would close my Latin grammar, staring for a while at the sepia Minerva on the cover, and slip out into the garden through the mesh door of the back kitchen on the side by the garage, so as not to get trapped by Nena into playing the architect in her stupid games. On that side of the house the grass was pretty long, because Tommaso hadn't been able to cut it, and I used to like to walk through it, drenched in the sticky heat, feeling the blades of grass brushing against my bare legs, as far as the wire fence along the little wall which separated the garden from the open countryside. I went looking for lizards who made their nests near there and who used to lie absolutely still sunbathing on the stones, with their heads held high and their little eyes looking into the void. I could actually have caught them with a reed lasso which a school friend of mine had taught me how to make, but I preferred to watch those little bodies which the slightest noise made so puzzled and suspicious, apparently absorbed in some indecipherable prayer. Often I found myself crying and I didn't know why. The tears ran without my being able to stop them, but it certainly wasn't because of my Latin, by now I knew the even and uneven syllables by heart – basically Mother was right about these things, there was no need to have private lessons and leave the house, all that was needed was a bit of study. I sometimes simply felt like crying and so I would sit down on the little wall and look at the lizards and think of previous summers. The memory which made me cry the most

piangere era un'immagine: io e papà su un tandem, lui davanti e
io di dietro, la mamma e la Nena su un tandem che ci seguivano
gridando aspettateci, sullo sfondo c'era la pineta scura di Forte dei
Marmi[3] e davanti a noi l'azzurro del mare, papà aveva i calzoni
bianchi e chi arrivava primo al bagno Balena avrebbe mangiato per
primo il gelato di mirtilli. E allora non riuscivo a trattenere i singhiozzi e dovevo tapparmi la bocca con le mani per non farmi sentire
dalla mamma, la mia voce repressa era un ciangottio sommesso che
somigliava al verso di Belafonte quando si rifiutava di essere trasci-
nato al guinzaglio; e la saliva, mischiata alle lacrime, mi inzuppava il
fazzoletto che mi infilavo disperatamente in bocca, e allora mi veniva
da morderle, le mie mani, ma piano piano, a piccoli morsi, che strano, a
quel punto tutto si confondeva e sentivo sul palato, acuto, nitidissimo,
con un profumo inequivocabile, il sapore del gelato di mirtilli.

Era quel sapore che riusciva a calmarmi, mi sentivo improvvisamente esausto, senza più forza di piangere, di muovermi, di
pensare. Intorno a me, nell'erba, ronzavano i moscerini e passeg-
giavano le formiche, mi pareva di essere in un pozzo, sentivo
dentro il petto un peso enorme, non riuscivo neppure a inghiot-
tire e restavo a fissare oltre la siepe la coltre di calore che anneb-
biava l'orizzonte. Poi lentamente mi alzavo e rientravo in
cucina. La mamma fingeva ancora di dormire in poltrona o
forse si era addormentata davvero. Sentivo la Nena che rimpro-
verava il suo Belafonte, gli diceva sciocchino che sei ma possibile che tu non apprezzi un fiocco come questo, perché insisti a
rovinarlo, sciocchino, non ce l'hanno mica tutti i gatti. Alzavo il
saliscendi di reticella della finestra e la chiamavo a bassa voce,
pss pss Nena vieni in casa che facciamo merenda, ne hai voglia
di pane e ricotta o preferisci la marmellata, ne apro un vasetto.
E lei correva tutta giuliva, piantando in asso Belafonte che cercava invano di sfilarsi il fiocco dal collo, tutta soddisfatta che mi
fossi finalmente ricordato di lei, forse con la speranza di riuscire
ancora a convincermi a fare l'architetto.

La mamma di solito si faceva viva verso le sei, passeggiava
per la casa mettendo in ordine il nulla che c'era da mettere
in ordine, che so, spostando un soprammobile di qualche

was a mental picture: Father and me on a tandem, him in front and me behind, Mother and Nena following us on another tandem, shouting, Wait for us; in the background was the dark pine forest of Forte dei Marmi and in front of us the blue of the sea, Father was wearing white shorts and whoever got to Balena beach first got a blueberry ice-cream. And then I couldn't hold back the sobs and I had to cover my mouth with my hand so that Mother wouldn't hear me, my muted voice made a soft mewing that sounded rather like Belafonte when he refused to be dragged along on the leash; and my saliva mixed with tears soaked my handkerchief which I would desperately stuff into my mouth and then I would start biting my hands, slowly, taking little bites, and at that point strangely everything got mixed up and then, sharply, very distinctly, in my mouth I could taste the unmistakable flavour of blueberry ice-cream.

It was that taste which managed to calm me down, I would suddenly feel exhausted, with no strength left to cry, or move or think. All around me in the grass little flies buzzed and ants hurried past, I felt as if I were at the bottom of a well, I could feel a great weight in my chest, I couldn't even swallow and I stayed staring fixedly at the blanket of heat which made the horizon all hazy. Then, slowly, I would get up again and go back into the kitchen. Mother was still pretending to be asleep in the armchair and perhaps she really had nodded off. I could hear Nena scolding Belafonte, she was saying, What a silly thing you are, fancy not appreciating a tassel like this, why do you insist on spoiling it, silly thing, not every cat has got one of these, you know. I would raise the metal blind at my window and call her quietly, Pss pss, Nena, come inside and we'll have tea, do you fancy some bread and ricotta or would you rather have jam, I'll open a new pot. And she would come running indoors full of excitement, leaving Belafonte in the lurch as he tried in vain to slip the tassel over his head; she was thrilled that I'd finally remembered her, perhaps hoping that she could still manage to persuade me to play ladies and architects.

Mother usually stirred around six o'clock, wandering through the house tidying up things which weren't untidy – things like moving

centimetro, lisciando un centrino di pizzo che si era raggrinzito sotto un vaso. Poi veniva in cucina, lavava i piatti che non aveva avuto animo di pulire dopo mangiato e si disponeva a preparare la cena, ma senza nessuna fretta, tanto per tutta la serata non c'era altro da fare, Tommaso prima delle dieci non sarebbe tornato, gli avrebbero dato la minestra all'ospizio dove ora passava tutta la giornata perché suo cugino stava male e le signorine gli consentivano di stargli accanto tutto il giorno, anzi se c'è uno che spazza a quelle là gli fa un piacere, aveva detto la mamma con sdegno.

Era la parte più simpatica di tutta la giornata, almeno stavamo insieme con la mamma, finalmente si diceva qualche parola, anche se conversazioni vere e proprie no davvero, ma qualche piccola soddisfazione c'era sempre. Per esempio la radio, che si poteva accendere, e anche se trasmetteva canzonette la mamma non cambiava stazione, purché a basso volume, dato che la Nena implorava dài mamma ti prego un goccino di musica, e come si faceva a resisterle quando faceva quella voce fra lo smorfioso e l'accorato. Ma io preferivo un signore che parlava di tutto il mondo, rammentava le capitali che erano raffigurate sul mio libro di geografia, come mi piaceva starlo a sentire!, lui diceva oggi a Parigi il generale De Gaulle per consultazioni sul problema di Suez . . . e io chiudevo gli occhi e vedevo la Tour Eiffel del mio libro, snella e tutta traforata, le piramidi e la sfinge col viso rosicchiato dal tempo e dalla polvere del deserto.

A letto stentavo a prendere sonno. Restavo con gli occhi aperti a fissare il chiarore del riquadro della finestra, ascoltando il respiro regolare della Nena che dormiva tranquilla. Prima di andare a dormire la mamma veniva a fare un sopralluogo perché spesso Belafonte si infilava sotto il letto della Nena e poi durante la notte dormiva rannicchiato ai suoi piedi e la mamma diceva che non era igienico. Ma ormai Belafonte riusciva a farla franca perché aveva capito il meccanismo e usciva di sotto al letto solo quando in casa tutto taceva. Io non dicevo niente, anche se Belafonte non mi piaceva, perché era evidente che la

an ornament a few inches, smoothing out a lace mat which had got rumpled up under a vase. Then she would come into the kitchen, wash the dishes which she hadn't felt like doing after lunch and get ready to cook supper, but without any urgency, since there was nothing else to do all evening; Tommaso wouldn't be back before ten, he'd have been given a bite of supper at the old people's home where he now spent the day, since his cousin was quite ill and the sisters allowed him to stay with him the whole day, in fact if there's someone else picking up the pieces, they're doing those women a favour, Mother had said scornfully.

It was the nicest part of the whole day, at least we were together with Mother, at last the occasional word was spoken, not real, proper conversations, but there was always some little satisfaction to be had. For example, the radio could be turned on and although the volume was kept low, even if they were broadcasting popular songs Mother didn't change stations, given that Nena used to beg, Go on, Mummy, please, a little bit of music – and how could anyone resist her when she put on that voice which was half wheedling, half heartbroken. But I preferred the gentleman who used to talk about all the countries of the world, he would refer to the capital cities which featured in my geography book, how I used to enjoy sitting listening to him, he would say, Today in Paris General de Gaulle began consulations over the Suez problem . . . and I would close my eyes and would see the Eiffel Tower illustrated in my book, all slender and pierced with holes, and the pyramids and the sphinx with its face eaten away by time and the dust from the desert.

In bed I had difficulty getting to sleep. I lay with my eyes open staring at the frame of light around the window, listening to Nena's regular breathing as she slept peacefully. Before going to bed, Mother used to come and do a quick inspection because Belafonte would often slip under Nena's bed and then during the night would sleep curled up at her feet, and Mother said that wasn't hygienic. But these days Belafonte managed to get away with it because he'd understood how things worked and now only crawled out from under the bed when everything in the house was completely silent. I said nothing because, even though I didn't like Belafonte, it was obvi-

Nena aveva bisogno di un po' di compagnia. Così, nel buio della camera, mentre la Nena dormiva e Belafonte faceva le fusa o grattava il lenzuolo con le unghie, restavo a sentire il rumore dei treni che uscivano di città e fischiavano. Spesso immaginavo di partire. Mi vedevo salire su uno di quei treni nella notte, di soppiatto, quando il convoglio rallentava per i lavori in corso sulla massicciata. Con me avevo un minuscolo bagaglio, il mio orologio con le lancette fosforescenti e il mio libro di geografia. I corridoi avevano un tappeto soffice, gli scompartimenti erano foderati di velluto rosso con un poggiatesta di tela bianca, c'era un odore di tabacco e di tappezzeria, i rari viaggiatori dormivano, le luci erano basse e azzurrine. Mi sistemavo in uno scompartimento deserto, aprivo il mio libro di geografia e decidevo che sarei andato in una di quelle fotografie, a volte *La ville lumière vista dall'alto di Notre-Dame*, a volte *Il Partenone di Atene visto al tramonto*; ma la fotografia che più mi attirava era il porto di Singapore brulicante di biciclette e di gente col cappello a cono sullo sfondo di case dalle fattezze bizzarre. Mi svegliavano i vapori di caldo di un'alba nebbiosa, il primo sole che disegnava sul pavimento, attraverso le stecche della persiana, una scalinata giallina che saliva sghemba sulle frange del copriletto della Nena.

Non avevo nessuna voglia di alzarmi, sapevo che stava per ricominciare una giornata uguale alle altre: l'olio di fegato di merluzzo, il pane con burro e marmellata, il caffellatte, la mattina perduta ad aspettare il pranzo e infine il dopopranzo interminabile, il mio latino, la mamma che sonnecchiava in salotto, la Nena che canticchiava Banana Boat nel pied-à-terre trascinandosi dietro Belafonte. Tutto questo fino a quel pomeriggio in cui la Nena attraversò di corsa il giardino, si mise sotto la finestra del salotto, chiamò mamma mamma, e disse quella frase. Era un sabato pomeriggio. Mi ricordo il giorno perché il sabato di mattina veniva il fornitore degli alimentari, fermava il furgoncino davanti al cancello di ingresso e scaricava quello che la mamma aveva ordinato per telefono. Quella mattina per l'appunto aveva portato anche i budini di caramello che alla Nena piacevano da morire, anche a me sarebbero piaciuti, ma cercavo di vincermi

ous that Nena needed some company. And so, in the darkness of
my room, while Nena was sleeping and Belafonte purred and clawed
the sheet, I would lie listening to the noise of the trains leaving
town and whistling. Often I would imagine leaving. I saw myself
climbing stealthily on to one of those trains during the night when
it slowed down for the repair work underway on the sleepers. I
had with me a tiny bag, my watch with fluorescent hands and my
geography book. The carpet of the corridors was soft under your
feet, the compartments were upholstered in red velvet and had
white linen headrests, there was a smell of tobacco and
upholstery, the few travellers were asleep, the pale blue lights
were turned down low. I would settle down in an empty compart-
ment, open my geography book and decide to travel to one of
those photographs, sometimes *La ville lumière, seen from the top of
Notre-Dame*, sometimes *The Athens Parthenon seen at sunset*; but the
photograph which attracted me most was the port of Singapore
swarming with bicycles and people with pointed hats against
a background of strange-looking houses. I would be woken
up by the heat haze of a misty dawn, the first sunlight coming
through the slats of the venetian blind and tracing on the floor
a pale yellow ladder which slanted up the fringe of Nena's
bedspread.

I had no desire to get up, I knew that another day just like all the
rest was about to begin: cod-liver oil, bread and butter with jam,
milky coffee, the morning wasted waiting for lunch, and finally the
endless afternoon, my Latin, Mother snoozing in the drawing room,
Nena humming 'Banana Boat' in her play-house, dragging Belafonte
around behind her. All that until the afternoon when Nena ran
across the garden, stood under the drawing-room window, called,
Mummy, Mummy, and said those words. It was a Saturday afternoon. I remember the day because on Saturday mornings the
grocery-man came, parking his van outside the front gate and
unloading the things Mother had ordered by phone. That morning
it so happened that he had also brought the *crème caramel*s which
Nena adored, I would have liked them too but I tried not to eat
them because the hole in one of my back teeth would hurt

perché poi mi faceva male la carie del molare e tanto dovevo aspettare settembre per andare dal dentista, perché a settembre la zia
Yvonne sarebbe venuta per una settimana e ci avrebbe pensato lei,
la mamma figuriamoci se aveva voglia di portarmi giù in città, per
il momento. Io ero concentrato a studiare *Juppiter-Jovis*, che aveva
una declinazione infame, anche se per fortuna gli mancava il plurale,
e così da principio non feci caso alla frase, del resto la Nena veniva
spesso per seccare me o per distrarre la mamma con frasi tipo
correte presto Belafonte si è ferito, oppure, mamma quando sarò
grande potrò farmi i capelli azzurri come la zia Yvonne?, e se le pre-
stavi ascolto addio, lei attaccava a petulare e non la fermavi più,
la cosa migliore era scoraggiarla fin dall'inizio facendo finta di non
sentire. Così quella volta mi ci volle forse un minuto per rendermi
conto di quello che aveva detto. Avevo la testa fra le mani e
ripetevo disperatamente l'ablativo, la frase della Nena mi parve
una delle sue solite scempiaggini. Ma all'improvviso sentii una
vampata di calore che mi saliva alla fronte, poi cominciai a tremare
e mi accorsi che le mani mi tremavano sulla Minerva della mia
grammatica latina che si era chiusa da sola.

Non so per quanto tempo restai immobile, con le mani inerti
sul libro, incapace di alzarmi. Mi pareva che una campana di
vetro fosse scesa sulla casa e l'avesse immersa nel silenzio. Dal
mio tavolo riuscivo a vedere la mamma che si era alzata dalla
poltrona e stava appoggiata al davanzale della finestra, pallidis-
sima, il fazzoletto le era caduto sul pavimento, si sorreggeva al
davanzale come se stesse per cadere e la vedevo muovere la
bocca parlando con la Nena, ma per uno strano sortilegio non
sentivo niente, le sue labbra che si muovevano lentamente mi
parevano la bocca di un pesce agonizzante. Poi feci un movimento brusco, il tavolino urtato dal mio ginocchio gemette
sull'impiantito e fu come se avessi girato un interruttore: il
suono ritornò intorno a me, sentii di nuovo il concerto delle
cicale in giardino, il fischio di un treno in lontananza, il ronzio
di un'ape che si accaniva contro la reticella e la voce inespres-
siva della mamma, automatica e distante, che diceva ora vieni

afterwards and in any case I would have to wait until September
to go to the dentist, because in September Aunt Yvonne would
be coming for a week and she would sort it out – there was no
way Mother would want to take me down to town, not at the
moment. I was concentrating on studying *Iupiter-Iovis*, which had a
hideous declension, even though it had no plural form, thank goodness, and so to begin with I paid no attention to what Nena said
and in any case she was always coming and annoying me or dis-
turbing Mother, saying things like, Come quickly, Belafonte has hurt
himself, or, Mummy, when I'm older can I have blue hair like Aunt
Yvonne? And if you listened to her, that was it, she would start pes-
tering and you couldn't stop her, the best thing was to discourage
her right away by pretending not to hear. And so on that occasion I
took almost a minute to realize what she had said. I had my head
between my hands and was desperately repeating the ablative, what
Nena had said sounded just like one of her usual pieces of nonsense.
But suddenly I felt a rush of heat to my forehead, then I started shak-
ing and I realized that my hands were also trembling on top of the
Minerva on the front of my Latin grammar, which had closed all by
itself.

I don't know how long I stayed there without moving, incapable
of getting up, with my hands lying inert on the book. It seemed as if
a glass bell-jar had been lowered over the house, immersing it in
silence. From my desk I could just see Mother, who had got up out
of her chair and was standing, pale-faced, leaning on the window-
sill, her handkerchief had fallen on to the floor and she was holding
on to the window-sill as if she were about to fall, and I could see her
mouth moving as she talked to Nena, but by some strange piece of
magic I couldn't hear anything, her lips moving slowly reminded me
of the mouth of a dying fish. Then I made a sudden movement,
my knee knocked the desk which screeched on the tiled floor, and
it was as if I had flicked a switch: sound came back all around
me, once again I could hear the concert of crickets in the garden,
the whistle of a train in the distance, the buzzing of a bee pushing up
against the grille and mother's expressionless voice, mechanical and

in casa, amore, fa troppo caldo, hai bisogno di fare un pisolino, non puoi startene lì in codesta afa che fa male ai bambini.

Fu uno strano pomeriggio. La Nena si rassegnò senza far storie a riposare sul divano, cosa che non era mai successa, e quando si svegliò restò quieta in cucina a fare disegni. Io quel giorno non riuscii a studiare il latino, per quanto tentassi. Mi sforzavo di concentrarmi sugli aggettivi a tre terminazioni, e li ripetevo con caparbia; ma la mia mente era lontana, correva come impazzita dietro quella frase della Nena che forse era un mio equivoco, che sicuramente era un mio equivoco, che la mamma mi avrebbe detto che era un equivoco, se solo glielo avessi chiesto. Ma il fatto è che non avevo nessuna voglia di chiederglielo.

Il lunedì arrivò una lettera della zia Yvonne e mancò poco che piangessimo. Non sarebbe venuta a trovarci a settembre, come ci aveva promesso alla sua partenza. Lei e Rodolfo andavano a Chamonix, non perché gli piacesse Chamonix, 'capirete, io la montagna non la sopporto, mi immalinconisce, ma qui d'estate ci vanno tutti, tutti per modo di dire, insomma, i colleghi di Rodolfo, e se qui non fai un minimino di vita sociale, voglio dire se non ti coltivi un po', ti guardano come un babbuino, già con gli italiani hanno il complesso di superiorità, se gli fai anche capire che non ti piacciono i posti chic sei fregato, non ti guarda più nessuno, e quasi quasi era meglio Roma, a parte le seccature e lo stipendio, almeno c'era il sole, mica questo clima qua, che è infame . . .'

Forse fu per via di quella lettera che cominciarono i silenzi della mamma, o magari per quella stupidaggine che aveva detto la Nena, chissà, ma più probabilmente per la lettera. Non che fosse cupa, la mamma, e nemmeno malinconica. Piuttosto era assente, si vedeva che qualcosa le occupava i pensieri, le dicevi scusa mamma posso prendere il budino di caramello che è avanzato a pranzo?, o un'altra cosa qualsiasi, e lei non ti rispondeva, dopo qualche minuto diceva eh, mi hai chiesto qualcosa?, e gli occhi erano fissi lontano, oltre la finestra di cucina, sul viale che moriva nelle campagne, come se dovesse arrivare qualcuno.

distant, saying, Come inside the house now, my love, it's too hot, you need a little sleep, you can't stay outside in this heat, it can be very dangerous for children.

It was a strange afternoon. Nena resigned herself without making a fuss to having a rest on the sofa, something which had never happened, and when she woke up she sat quietly in the kitchen doing drawings. That day I had no success with my Latin however hard I tried. I forced myself to concentrate on the adjectives with three endings and I repeated them doggedly; but my mind was a long way away, madly chasing those words of Nena's which perhaps I had misunderstood, which I had certainly misunderstood, which Mother would have told me I had misunderstood, if only I had asked her. But the fact was that I had no desire to ask her.

On the Monday a letter arrived from Aunt Yvonne and we all nearly cried. She wouldn't be coming to see us in September, as she had promised when she left last time. She and Rodolfo were going to Chamonix, not because they liked Chamonix, 'you know I can't stand the mountains, they make me feel melancholy, but everyone goes there in the summer, well, everyone in a manner of speaking – Rodolfo's colleagues – and if you don't do the minimum of socializing here, I mean if you don't cultivate the right people, they look at you as if you were an ape, as it is they have a superiority complex about Italians, so if on top of that you let them know that you don't like the chic places, you're done for, nobody takes any notice of you any more; I'd almost say that Rome was better, apart from the hassle and the salary, at least the sun shone, rather than the appalling climate here . . .'

Perhaps Mother's silences began as a result of that letter, or perhaps because of the twaddle that Nena had come out with, who knows, but it was more likely because of the letter. Not that Mother was gloomy, or even melancholy. It was more that she just wasn't there, you could see that something was occupying her thoughts, you would say to her, Excuse me, Mummy, can I have the *crème caramel* left over from lunch? or something similar, and she wouldn't answer you; after a minute or two she would say, Uh, did you ask me something? and her eyes were staring into the distance, beyond the kitchen window, at the road which disappeared into the country-

E tu le ripetevi la stessa domanda di prima, ti avevo chiesto il budino che è avanzato, mamma, ma la risposta non veniva neppure questa volta, solo un vago gesto nell'aria che poteva voler dire va bene fa' quello che vuoi, non vedi che sto pensando ad altro?, e così ti passava anche la voglia del dolce, tanto che senso aveva mettersi a mangiare il budino di caramello, non era meglio andare a studiare il latino per occupare un po' la mente?

La quarta declinazione la imparai perfettamente. È vero che non presentava le stesse difficoltà della terza, neanche a paragonarle, lo diceva anche l'avvertenza del primo paragrafo: 'la Quarta Declinazione non presenta particolarità di sorta, salvo rare eccezioni, da imparare a memoria, per cui vedi paragrafo quattro', e quasi quasi mi venne da rimpiangere la terza declinazione, se almeno quella settimana avessi avuto una cosa proprio difficile da imparare mi sarei distratto un po', ma con quella stupida *domus-domus* non facevo che pensare alla frase della Nena, alla zia Yvonne che non sarebbe venuta e ai silenzi della mamma. Sul mio quaderno scrivevo piccole frasi come *silentium domus triste est*, che poi cancellavo con tante piccole crocette una attaccata all'altra, come un filo spinato, era un metodo che mi aveva insegnato il mio compagno di banco – lui la chiamava cancellatura a reticolato – e mi piaceva molto.

La Nena, dopo quel giorno eccezionale in cui aveva fatto il pisolino pomeridiano, aveva ripreso le sue abitudini e passava di nuovo i pomeriggi nel pied-à-terre, ma non cantava più Banana Boat, si era accorta che non era proprio il caso. E ormai non veniva più a seccarmi sotto la finestra o a invitarmi a fare l'architetto che le faceva la corte. Si era rassegnata a starsene da sola in giardino, chissà come si annoiava, povera Nena, ogni tanto sbirciando dalla reticella della finestra la vedevo intenta a pettinare Belafonte con un grosso pettine rosa che le era arrivato da Losanna assieme con dei bigodini e un phon con le pile che mandava proprio aria calda, in una scatolina dove era raffigurata una bambola piena di ricci con la scritta *La petite coiffeuse*. Ma giocava stancamente, come controvoglia, e chissà come le sarebbe piaciuto venire a invitarmi a fare l'architetto. E anche a

side, as if she was expecting someone to arrive. And you would repeat the same question as before, I asked you for the left-over *crème caramel*, Mummy, but there was no reply this time either, just a vague gesture in the air which meant, That's fine, do what you want, can't you see I'm thinking about something else? And so you even stopped wanting the pudding, and anyway what sense did eating *crème caramel* have, wasn't it better to go and study Latin to keep your mind occupied a bit?

I learned the fourth declension perfectly. It's true that it didn't present the same difficulties as the third, far from it, even the introduction in the first paragraph said so: 'The Fourth Declension does not present any specific peculiarities, except for rare exceptions which need to be learned by heart, see paragraph four', and I almost began to miss the third declension, at least that week if I'd had something really difficult to learn, it would have taken my mind off things, but with only that stupid *domus-domus* to worry about, all I did was think about what Nena had said, about Aunt Yvonne who wouldn't be coming, and about Mother's silences. In my notebook I wrote little phrases like *silentium domus triste est*, which I would then cross out with a line of criss-crosses joined together, like a barbed wire fence; it was a technique which the boy who sat next to me in class had taught me – he called it barbed-wire crossing out – and I really liked it.

After that extraordinary day when she had had an afternoon sleep, Nena had gone back to her old habits and would spend the afternoon in her play-house, but she didn't sing 'Banana Boat' any more, she had realized it wasn't really the thing to do. And she no longer came to my window to pester me or invite me to play the part of the architect courting her. She was resigned to being left on her own in the garden – goodness, she must have been bored, poor Nena; every now and then, spying through the mesh fly-screen, I could see her busy combing Belafonte with a big red comb which had arrived for her from Lausanne together with some curlers and a battery-powered hair-dryer which blew real hot air, in a box which had a picture of a curly haired doll and the words *La petite coiffeuse* on the lid. But she played wearily, as if her heart wasn't really in it, and who knows how much she would have liked to come and invite me

me, a volte, mi sarebbe piaciuto chiudere quello stupido libro, andare da lei e dirle ho deciso di essere l'architetto che ti fa la corte, dài giochiamo, non stare così silenziosa, perché non canti un po' Banana Boat che mi fa allegria; e invece restavo col mento appoggiato al palmo della mano a guardare la campagna lontana che tremolava nell'aria spessa dell'estate.

Ma il sabato dopo successe di nuovo. Erano le due del pomeriggio, la mamma stava in poltrona con le persiane chiuse, io stavo facendo un esercizio intitolato *Domus Aurea*, tutto pieno di aggettivi a tre terminazioni riferiti a sostantivi della quarta declinazione, un supplizio. La Nena doveva essere nei pressi del cancello d'ingresso, forse aveva portato Belafonte a fare due passi, l'avevo persa di vista da qualche minuto. La vidi arrivare trafelata, sbucò dall'angolo della casa, dalla parte della veranda, poi si fermò interdetta, guardò dietro di sé, fece una piccola corsa rapida, si fermò, si voltò di nuovo. Il rumore del ghiaino sotto la suola dei suoi sandali era l'unico suono nel silenzio pomeridiano. Da principio parve indecisa su quale finestra scegliere, poi scartò la finestra della mamma forse perché le persiane erano completamente chiuse, venne sotto la mia finestra, mi chiamò, ma non pronunciò il mio nome, diceva solo senti senti, per piacere senti; e aveva una voce implorante, ma non come quando faceva la smorfiosa, ora era proprio diversa, non l'avevo mai sentita così, la Nena, era come se stesse piangendo senza piangere.

Non so perché non andai alla finestra. O meglio, lo sapevo perfettamente perché lo sentivo. Capii, con un grande senso di vuoto e di smarrimento, che cosa mi avrebbe detto, e sapevo che quello che mi avrebbe detto sarebbe stato insopportabile, non ce l'avrei fatta ad ascoltarla, forse avrei cominciato a gridare e a picchiarla selvaggiamente, a tirarle quelle stupide treccine delle quali andava tanto fiera, e poi avrei cominciato a piangere senza ritegno, senza più nessun timore di farmi sentire, a singhiozzare come avevo voglia. Stetti in silenzio, trattenendo il respiro. Eravamo vicinissimi, a pochi centimetri, ci separava solo il retino della finestra. Ma la Nena non arrivava al davanzale e non poteva guardare dentro. Sperai con tutte le forze che

to play the architect. And sometimes I too would have preferred to close my stupid book and go and find her and say, I've decided to be the architect courting you, come on, let's play, stop being so quiet, why don't you sing a bit of 'Banana Boat', it makes me feel happy; instead I sat with my chin resting on the palm of my hand watching the distant countryside which quivered in the dense summer air.

But the following Saturday it happened again. It was two o'clock in the afternoon, Mother was sitting in the armchair with the blinds closed, I was busy doing an exercise entitled *Domus Aurea* crammed full of adjectives with three endings agreeing with fourth declension nouns, a real torment. Nena must have been somewhere near the front gate, she may have been taking Belafonte for a little walk, I had lost sight of her for a minute or two. I saw her arrive out of breath from around the corner of the house, on the veranda side, then she stopped, perplexed, looked behind her, ran a few steps forward, stopped, turned round again. The noise of the gravel under the soles of her sandals was the only sound in the afternoon silence. Initially it seemed as if she couldn't decide which window to choose, then she rejected Mother's, perhaps because the blinds were completely shut, came over to my window and called me, but she didn't use my name, she simply said, Listen, listen, please listen; and her voice seemed to beg, not like when she was whining for something, now it sounded quite different, I'd never heard Nena sound like this, it was as if she were crying without actually crying.

I don't know why I didn't go to the window. Or rather, I knew perfectly well because I could feel it. I realized, with a great feeling of emptiness and bewilderment, what she would tell me, and I knew that what she would tell me would be unbearable, I wouldn't be able to listen to her, I might start shouting and hitting her wildly, pulling those stupid little pigtails that she was so proud of, and then I would start crying uncontrollably, no longer afraid of being heard, sobbing just like I felt like doing. I sat in silence, holding my breath. We were very close to one another, a few centimetres apart, only separated by the fly-screen at the window. But Nena wasn't tall enough to see over the window-sill and look inside. I hoped against hope that she

mi credesse addormentato e toccai il metallo del calamaio col calendario, come facevo ogni volta che desideravo succedesse qualcosa, per scongiuro. La Nena si chetò, sentivo il suo respiro profondo e concitato, poi dal rumore dei passi sul ghiaino capii che si stava dirigendo verso la porta della veranda. Scalzo, evitando di fare il minimo rumore, andai alla finestra e chiusi le persiane. Dischiusi la porta dell'andito, appena una fessura, e mi sdraiai sul letto. Da quella posizione avrei potuto sentire tutto, anche se avessero parlato a bassa voce. Se avessi messo l'occhio alla fessura della porta avrei potuto vedere la mamma sulla poltrona, ma preferivo non rischiare di essere visto a mia volta, mi bastava starle a sentire, anche se sapevo già tutto.

La mamma questa volta pianse. Forse non seppe trattenersi, non so, magari era in un momento di maggiore debolezza, comunque non fu come la prima volta, che aveva reagito quasi con indifferenza. Attirò la Nena fra le sue braccia e le disse il mio piccolo tesoro, e poi la allontanò nuovamente e si asciugò le lacrime emettendo dei piccoli singhiozzi soffocati, come quando uno deglutisce. E poi le chiese se io lo sapevo e la Nena disse dorme, meglio così disse la mamma, lascialo in pace, è tanto occupato col latino, povero caro, studia tutto il giorno. E poi sospirò ma perché mi racconti queste cose, Maddalena, non capisci quanto dolore ha la tua mamma? Io tuffai il viso nel cuscino perché non mi sentissero, mi arrivava attutito il chiacchiericcio della Nena, ma tanto lo sapevo già cosa raccontava, che diceva perché sì, perché è così mamma te lo giuro, era in bicicletta, aveva in testa un fazzoletto coi nodi, voleva qualcosa qui di casa, l'ho capito, l'ho visto bene, anche lui mi ha visto, ma è passato come se non potesse fermarsi, ti prego credimi mamma.

Non so come passò quella settimana. Veloce, ecco, passò veloce. Avrei dovuto fare un esercizio di ricapitolazione di tutte le eccezioni, ma lasciai perdere. Sul foglio mi nascevano ghirigori, scarabocchi assurdi dietro ai quali mi perdevo, reticolati con i quali cancellavo una frase che mi veniva di continuo, ossessivamente: la Nena, sabato prossimo, gli porterà un cappello e un biglietto della mamma. L'avevo anche tradotta in latino,

thought I was asleep and I touched the metal of my ink-well with my calendar as I did every time I wanted something to happen, like a kind of spell. Nena fell silent, I could hear her heavy, excited breathing, then from the sound of footsteps on the gravel I could tell that she was heading towards the veranda door. Barefoot and trying not to make the slightest noise, I went over to the window and closed the blinds. I opened the door to the hall, barely a crack, and lay down on my bed. From that position I would be able to hear everything, even if they spoke in whispers. If I had put my eye to the crack in the door I could have seen Mother in the armchair, but I preferred not to risk being seen myself, all I needed to do was to listen to them, even though I knew everything already.

This time Mother did cry. Perhaps she couldn't stop herself, I don't know, perhaps she was feeling particularly low, and yet it wasn't like the first time, when she had reacted almost with indifference. She pulled Nena into her arms and said, My little treasure, and then pushed her away again, wiping away her own tears and letting out little subdued sobs, like someone swallowing. And then she asked her if I knew and Nena said, He's asleep. It's better that way, said Mother, leave him in peace, he's so busy with his Latin, poor thing, studying all day long. And then she sighed; But why do you tell me such things, Maddalena, can't you see how sad Mummy is? I stuffed my face into my pillow so that they couldn't hear me, Nena's prattling was a bit muffled, but in any case I already knew what she was saying, she was saying, Yes, Mummy, that's what happened, Mummy, I swear, he was riding a bike, he had a knotted handkerchief on his head, he wanted something from the house, I could see that, I got a good look at him and he saw me too, but he cycled past as if he couldn't stop, please believe me, Mummy.

I don't know how the next week passed. Quickly, yes, it passed quickly. I should have been doing a revision exercise of all the exceptions, but I gave up. On my piece of paper squiggles appeared, absurd doodles which kept my mind off things, barbed-wire criss-crosses with which I would cross out an idea which kept coming to me, obsessively: next Saturday, Nena will take him a hat and a note from Mother. I'd even translated this phrase into Latin, and it

quella frase, e in quella lingua mi pareva ancora più bizzarra, come se l'estraneità della lingua sottolineasse l'assurdità del suo significato, e mi metteva paura. Ma a loro non dissi niente, né feci capire di aver capito. Apparentemente il mio comportamento era il medesimo: la mattina annaffiavo le azalee della mamma, allora il giardino era gradevole, sapeva ancora del fresco notturno, i passeri saltellavano da un ramo all'altro degli oleandri e le cicale non avevano ancora attaccato il loro pianto, la città si vedeva nitidamente nell'aria tersa, c'era intorno qualcosa di felice e di leggero. Dopo pranzo aiutavo la mamma a sparecchiare, come sempre, e quando avevo finito dicevo vado a fare i compiti, entravo in camera mia, chiudevo la porta dell'anticamera, socchiudevo le imposte e mi stendevo sul letto a guardare il soffitto dove le stecche delle persiane disegnavano un arcobaleno in chiaroscuro. Non avevo voglia di pensare, gli occhi mi si chiudevano ma non dormivo, sotto le palpebre mi passavano le immagini più diverse, io che arrivavo nel porto di Singapore, che curioso, era identico alla fotografia del mio libro, di diverso c'era solo che dentro quella fotografia c'ero anch'io. E arrivò subito il sabato.

Io quella mattina non dissi nulla, non feci nulla, cercai di farmi vedere il meno possibile. La mamma era in cucina, e io stavo in salotto. Lei veniva in salotto e io me ne andavo in giardino, la Nena usciva in giardino e io me ne andavo in camera. Ma loro facevano così solo per mostrare di avere un atteggiamento normale, il che complicava terribilmente le cose, perché mi costringevano proprio a fingere di non essermi accorto di niente. Il momento peggiore di questo gioco a nascondino fu quando entrai improvvisamente in cucina pensando che entrambe fossero fuori e sorpresi la mamma mentre stava passando un biglietto alla Nena. Quella stupida diventò tutta rossa e nascose il biglietto dietro la schiena, ma la cosa era talmente evidente che non potevo far finta di non averla notata, altrimenti si sarebbero insospettite davvero, così dovetti ricorrere a una finzione vergognosa e dissi con noncuranza è inutile che tu nasconda le lettere della zia Yvonne, lo so che scrive a te e a me no, sei sempre stata la sua preferita; a allora la mamma disse via non litigate per gelosia che fra sorella e fratello

seemed even stranger in that language, as if the foreignness of the language emphasized the absurdity of the meaning, and it frightened me. But I said nothing to the others, and I didn't give them any hint that I had realized what was going on. Outwardly my behaviour remained the same: in the morning I watered Mother's azaleas – at that time of day the garden was pleasant, it still smelt of the coolness of the night, sparrows hopped from one branch to another among the oleanders, and the crickets hadn't started singing yet, you could see the town clearly in the crisp air, and all around there was a feeling of happiness and lightness. After lunch I helped Mother clear the table, as usual, and when I had finished, I would say, I'm going to do my school-work; I would go into my bedroom, close the study door, pull the blinds half-shut, and stretch out on my bed, looking at the ceiling where the slats of the blinds drew a rainbow in light and shade. I didn't want to think, my eyes kept closing but I couldn't sleep, under my eyelids a whole range of images went past – me arriving in the port of Singapore which, curiously, looked identical to the photograph in my book, the only difference being that I was there in the photograph. And suddenly it was Saturday.

That morning I said nothing, I did nothing, I tried to be seen as little as possible. Mother was in the kitchen and I was in the drawing room. She came into the drawing room and I went out into the garden, Nena came out into the garden and I went off to my room. But they were behaving like that simply to show that they were acting normally, which complicated things terribly, because they forced me to pretend that I hadn't realized that anything was going on. The worst moment of this game of hide-and-seek was when I burst into the kitchen thinking that both of them were outside and I caught Mother passing a note to Nena. The silly girl went bright red and hid the note behind her back, but the thing was so obvious that I couldn't pretend not to have noticed, otherwise they really would have become suspicious, so I had to resort to a shameful piece of fiction and said quite casually, There's no point you hiding those letters from Aunt Yvonne, I know she writes to you and not to me, you always were her favourite; and then Mother said, Come on, don't argue like that, you two, you know jealousy between brothers

è un peccato mortale, e io sentii un sollievo, ma avevo la camicia appicccicata dal sudore.

Subito dopo pranzo dissi che andavo a fare un pisolino, che mi sentivo una grande pigrizia, doveva essere l'afa, e la mia dichiarazione fu accolta con molta comprensione. Dal mio letto le sentivo acciottolare in cucina, ma era tutta una finzione, in realtà parlavano basso basso, sentivo un chiacchiericcio indistinto, ad ogni modo mi era indifferente, non avevo nessun interesse a decifrare quello che dicevano.

La Nena uscì alle due meno un quarto precise, proprio mentre la pendola batteva un colpo e poi i tre colpi ravvicinati del quarantacinquesimo minuto. Sentii lo scricchiolio della porta a rete del retrocucina e lo scalpiccio leggero che si allontanava sul ghiaino verso il cancello d'ingresso. E questo mi causò un'ansia angustiante, perché mi accorsi che anch'io stavo in attesa, e ciò aveva insieme qualcosa di assurdo e di atroce, come un peccato. La pendola batté i due colpi e io cominciai a contare uno due tre quattro cinque sei sette otto nove dieci. Sentivo che era la cosa più stupida che potessi[4] fare, ma non potevo impedirmelo, e mentre pensavo all'assurdità di quel conteggio continuavo a contare per scandire i secondi, come se fosse uno scongiuro, una specie di protezione: da cosa non sapevo, o meglio non avevo il coraggio di confessarmelo. Quando arrivai a centoventi sentii il passo della Nena. Lo colsi che era ancora lontano, all'inizio del vialetto, al ritorno evitava il ghiaino ma io la sentii ugualmente e mi alzai in un bagno di sudore, in punta di piedi, e attraverso le stecche delle persiane la vidi avanzare lentamente, a occhi bassi, aveva in viso un'espressione di tristezza che non le avevo mai conosciuto, lei che era sempre così allegra, in una mano reggeva un cappello e nell'altra un foglietto di carta che tormentava fra l'indice e il pollice. Allora ritornai nel letto e mi addormentai.

E fu come se mi svegliassi il sabato seguente. Perché quella settimana corse via rapidissima nella sua lentezza, foderata di silenzio, intrecciata di occhiate che la Nena e la mamma si

and sisters is a mortal sin, and I had a real feeling of relief, but my shirt was sticking to me with sweat.

Immediately after lunch I said I was going to have a sleep because I felt really lazy, it must have been the heavy heat, and my comment was met with general understanding. From my bed I could hear them nattering away in the kitchen, but I made up what they said because in fact they were talking very very quietly and I could only hear an indistinct muttering, in any case it didn't matter to me, I had no interest in deciphering what they were saying.

Nena went out at exactly a quarter to two, just as the clock was chiming the single stroke for the hour and then the three short ones for the forty-five minutes. I heard the fly-door of the back kitchen creak and the gravel crunching lightly as footsteps receded, heading towards the front gate. And this made me feel distressed and anxious because I realized that I was waiting too, and that seemed rather awful and absurd, a bit like a sin. The clock struck two and I began to count, one, two, three, four, five, six, seven, eight, nine, ten. I knew it was the stupidest thing I could do but I couldn't stop myself and while I was thinking how stupid it was, I continued to count to tick off the seconds, as if it were a kind of spell, to protect myself: I didn't know what I was protecting myself from, or rather I didn't have the courage to admit it to myself. When I reached a hundred and twenty, I heard Nena's footsteps. I could make them out when she was still quite a long way away, at the end of the drive; on the way back she avoided the gravel but I could hear her anyway and I got up drenched in sweat and tiptoed to the window. Through the slats of the blind I saw her coming slowly towards the house, eyes down, with an expression of sadness on her face which I had never seen before, because she was always so happy; in one hand she was carrying a hat and in the other a piece of paper which she was twisting between her finger and thumb. So then I went back to bed and fell asleep.

And it felt as if I didn't wake up until the following Saturday. Because the next week really flew past in its slowness, wrapped in silence interwoven with glances between Mother and Nena, while I

scambiavano, mentre io cercavo di essere presente il meno possibile, con la scusa che gli esercizi di ricapitolazione mi occupavano tutto il pomeriggio. Ma in realtà non mi occupavano affatto, perché il mio quaderno era pieno di reticolati.

Il mattino del sabato seguente la mamma fece i ravioli con la ricotta. Era molto tempo che non mangiavamo più i ravioli con la ricotta, ce ne eravamo quasi dimenticati, erano mesi che mangiavamo solo cibi di un'ovvietà raccapricciante. La mamma si alzò prestissimo, io mi svegliai alle sei e sentii che si muoveva piano in cucina, lavorando. Fu una mattina piacevole. Quando io e la Nena ci alzammo trovammo la tavola coperta di strisce di pasta, già pronte per essere incise dalla formella fatta come una conchiglia, che poi bisognava riempire di ricotta. Fummo costretti a prendere il caffellatte sul tavolino della radio, poi ci precipitammo a tagliare la pasta, anzi, era la Nena che incideva con la formella, io la riempivo con un cucchiaio e la passavo alla mamma che provvedeva a chiuderla ai bordi con una piccola piega e una leggera pressione delle dita, con molta cautela, perché se si premeva troppo forte il ripieno schizzava fuori e il tortello era rovinato.

Oggi facciamo un po' di festa, disse la mamma, è un giorno speciale. E allora io, senza sapere esattamente perché, sentii di nuovo quella vampata di calore dentro il petto che avevo sentito quando la Nena aveva detto quella frase, e poi cominciai a sudare e dissi ma che caldo che fa già questa mattina, e la mamma disse beh certo oggi è il tre di agosto, ricordatevi questo giorno, oggi è sabato tre agosto, e io dissi se non ti spiace mamma vado un po' in camera mia, semmai se vi serve aiuto mi chiamate. Non so perché non uscii fuori, forse sarebbe stato meglio, l'afa non era ancora calata sul giardino, avrei potuto controllare lo stato della pergola, insomma fare qualcosa. Ma preferivo la penombra della mia camera.

La mamma fu allegra, durante il pranzo, troppo allegra. I ravioli erano deliziosi e la Nena ne volle due piatti, ma la mamma pareva avere fretta che finissimo e guardava frequentemente l'orologio. Alle una e un quarto finimmo di pranzare e la mamma sparecchiò in fretta, disse è meglio lasciare i piatti

tried to keep out of their way as much as possible, with the excuse that the revision exercises kept me busy all afternoon. But in fact they didn't keep me busy at all, because my notebook was full of barbed-wire crossings out.

The following Saturday morning Mother made ravioli stuffed with ricotta. It was a long time since we'd had ravioli with ricotta, we'd almost forgotten what they were like, for months we had eaten nothing but the most depressingly ordinary food. Mother got up very early indeed, I woke up at six and heard her moving around quietly in the kitchen, working. It was a lovely morning. When Nena and I got up we found the table covered in strips of pasta, all ready to be cut up with the shell-shaped cutter and then filled with ricotta. We had to sit at the little table with the radio to drink our milky coffee, then we rushed to cut out the ravioli – well, Nena cut them out with the cutter, and I filled each one with a spoon and handed it to Mother, who made sure it was sealed by folding the edges over and pressing gently with her fingers, with great care, because if you pressed too hard the filling shot out and the ravioli were ruined.

Today we're having a bit of a celebration, Mother said, it's a special day. At which, without knowing why, I again felt that same rush of heat to my chest that I had felt when Nena had said what she did, and then I began to sweat and said, Goodness, it's hot already this morning; and Mother said, Well, of course, today is the third of August, remember this day, today is Saturday the third of August; and I said, If you don't mind, Mummy, I'm going to my room for a bit, if you need any help give me a call. I don't know why I didn't go outside, perhaps it would have been better, the heavy heat hadn't descended on the garden yet, I could have checked the state of the pergola, at least done something. But I preferred the semi-darkness of my bedroom.

Mother was happy during lunch, too happy. The ravioli were delicious and Nena wanted two helpings, but Mother seemed keen that we should hurry up and finish and kept looking at the clock. At one fifteen we finished lunch and Mother cleared the table in a hurry, saying, It's better to leave the dishes until later, let's all go and

per dopo, ora andiamo tutti a riposare, anche a voi vi fa bene, stamani ci siamo alzati tutti troppo presto. La Nena, contrariamente al suo solito, non fece storie e andò difilato sul divano del tinello. La mamma si sistemò in salotto sulla solita poltrona, con le persiane chiuse e un fazzoletto sugli occhi. Io mi coricai vestito, senza disfare il letto, in attesa. Nel silenzio della stanza sentivo il mio cuore che batteva tumultuosamente, e mi pareva che quel rumore sordo potesse essere udito anche dalle altre stanze. Forse mi appisolai, ma furono probabilmente pochi minuti, poi sobbalzai al suono della pendola che batteva le due meno un quarto e stetti immobile in ascolto. Mi alzai quando sentii lo scricchiolio della poltrona del salotto, fu l'unico rumore, la mamma era veramente silenziosa. Aspettai qualche secondo dietro le persiane, mi accorsi che tremavo, ma certo non di freddo, dovetti stringere i denti affinché non mi battessero. Poi la porta del retrocucina si aprì lentamente e la mamma uscì fuori. Da principio non mi parve neppure lei, che strano, era la mamma di quella fotografia del comò dove lei era sottobraccio a papà, dietro di loro c'era la basilica di San Marco e sotto c'era scritto *Venezia 14 aprile 1942*. Aveva lo stesso vestito bianco con dei grandi pois neri, le scarpe con un buffo cinturino allacciato sulla caviglia e una veletta bianca che le copriva il viso. Sul bavero della giacca aveva una camelia blu di seta e infilata al braccio portava una borsetta di coccodrillo. In una mano, con delicatezza, come se portasse un oggetto prezioso, teneva un cappello da uomo che io riconobbi. Camminò leggera fino all'imbocco del vialetto, fra i coppi dei limoni, con un'andatura graziosa che non le avevo mai visto, a guardarla così dal di dietro sembrava molto più giovane e solo ora mi accorgevo che la Nena camminava esattamente come lei, con un lieve dondolio e la stessa posizione delle spalle. Scomparve dietro l'angolo della casa e sentii i suoi passi sul ghiaino. Il cuore mi batteva più forte che mai, ero tutto appiccicato dal sudore, pensai che dovevo prendere l'accappatoio ma in quel momento la pendola batté le due e io non riuscii a staccare le mani dal davanzale. Scostai leggermente due stecche della persiana per vedere

have a rest, it will do you two good as well, we all got up too early this morning. Nena, unusually for her, didn't make a fuss and went and lay down on the sofa in the breakfast room straight away. Mother settled herself in her usual armchair in the drawing room, with the blinds closed and a handkerchief over her eyes. I lay on the bed, fully dressed, without pulling back the covers, waiting. In the silence of the room I could hear my heart beating noisily, and it seemed to me as if that thudding could be heard in all the other rooms in the house. Maybe I dozed off but it was probably only for a few minutes, then I came to with a start when the clock chimed a quarter to two and I lay in silence, motionless, listening. I got up when I heard the armchair in the drawing room creaking – it was the only noise, Mother was very quiet indeed. I waited for a few seconds behind the blinds, I noticed that I was trembling, yet not because I was cold; I had to clench my teeth to stop them from chattering. Then the door of the back kitchen opened slowly and Mother went outside. At first, strangely, it didn't even look like her, it was my mother in the photograph on the sideboard, where she stands arm in arm with Father in front of St Mark's basilica in Venice, and underneath someone had written *Venice, 14 April 1942*. She was wearing the same white dress with big black polka-dots, her shoes with the funny little strap done up around her ankle and a little white veil covering her face. On the lapel of her jacket she had a blue silk camelia and she had a crocodile-skin handbag on one arm. In one hand, very carefully, as if she were carrying a precious object, she was holding a man's hat which I recognized. She walked lightly between the lemon trees in their pots, to where the drive began, moving more gracefully than I had ever seen her; looking at her from behind she seemed much younger and only now did I realize that Nena walked exactly like her, swaying slightly and holding her shoulders in the same position. She disappeared round the corner of the house and I heard her footsteps on the gravel. My heart was beating faster than ever, I was all sticky with sweat, the thought occurred to me that I should get my dressing-gown but at that moment the clock struck two and I couldn't pull my hands away from the window-sill. I gently moved two slats of the blind apart to

meglio, mi parve un tempo interminabile, ma quanto resta, pensavo, ma perché non torna; e in quel momento la mamma sbucò dall'angolo, veniva avanti a testa alta, guardava fisso davanti a sé con quello sguardo distratto e lontano che la faceva assomigliare alla zia Yvonne, e sulle labbra le aleggiava un sorriso. Aveva infilato la borsetta a tracolla, il che le dava un'aria ancora più giovanile. A un certo punto si fermò, aprì la borsetta, ne trasse la scatolina rotonda della cipria con lo specchietto all'interno del coperchio, ne fece scattare il gancio e la scatolina si aprì da sola. Prese il piumino, lo strofinò sulla cipria, e guardandosi nello specchietto si incipriò leggermente gli zigomi. E allora io sentii un enorme desiderio di chiamarla, di dirle sono qui io mamma, ma non riuscii a pronunciare una parola. Sentivo solo un sapore acutissimo di mirtilli che mi riempiva la bocca, le narici, che invadeva la stanza, l'aria, il mondo circostante.

see better. The wait seemed interminable, how long she's taking, I thought, why doesn't she come back? And at that moment Mother came round the corner, walking with her head held high, staring straight in front of her with that distracted, distant look on her face which made her look like Aunt Yvonne, and a smile hovering on her lips. She had put the bag over her shoulder, which made her look even younger. At one point she stopped, opened her handbag, pulled out the round powder compact with the little mirror inside the lid, flicked the catch and the compact opened all by itself. She took the powder puff, rubbed it over the powder and looking at herself in the mirror, lightly dusted her cheeks. And at that moment I felt a huge desire to call out, to say to her, Mummy, *I'm* here, but I couldn't utter a single word. All I sensed was an intense flavour of blueberries filling my mouth and my nostrils and invading the room, the air, the whole world around me.

Notes on Italian Texts

1. *Gela, Licata*: towns on the south coast of Sicily, east of Agrigento.
2. *Nugioirsi, Nuovaiorche*: transliterations of New Jersey and New York.
3. *Trenton*: south of New York on the east coast of the USA.
4. *stori, farme*: transliterations of 'stores' and 'farms'.
5. *non era il caso*: a very common idiomatic expression: *essere il caso* – 'to be a good thing, to be opportune' (cf. *è il caso di aspettare* – 'we ought to wait').
6. *ché*: a common Sicilian elision for *perché*. Sicilian syntax and idioms are a prominent feature of Sciascia's writing.
7. *zaurri*: a dialectal, derogatory term indicating worthlessness.
8. *pecorino*: a cheese made from ewe's milk.
9. *sbirro*: a slightly derogatory term used in Sicily to denote not just the police, but anyone in a position of authority.
10. *Santa Croce Camarina, Scoglitti*: coastal towns south-east of Gela and Licata.
11. *Che trenton della madonna*: 'What the hell do you mean, Trenton?'
12. *ubriaconi*: 'drunkards'.
13. *cornuti*: 'cuckolded, cheated on (by wife)', probably the worst insult that can be directed at a Sicilian man.
14. *figli di . . .*: the missing word is clearly *puttana* – 'whore'.

ITALY (*Parise*)

1. *peli*: any form of body hair. Also, in the singular, 'animal fur'.
2. *le batteva colpetti sul dorso*: literally 'he tapped his fingers on the back of her hand'.
3. *avi*: *avo* in the singular means 'grandfather'. The plural, *avi*, means 'ancestors, forefathers'.

4. *Capua*: town between Naples and Caserta in Campania region.

5. *Porta Capuana*: one of the original gates, or entrances, to the city of Naples.

6. *Cuma*: also near Naples.

7. *Tout se tient en Italie*: 'Everything's holding together in Italy.'

8. *Trastevere*: one of the lively, popular quarters of Rome.

9. *Omertà*: silence, code of silence. Usually seen in a Sicilian context (*Io non c'ero e se c'ero dormivo*: 'I wasn't there and if I was there, I was asleep'). Here, the idea is linked to 'honour'. In the same way as Giovanni and Maria refrain from getting too close, even to childhood friends, on a personal level, the implication is that as an Italian, Giovanni is not prepared to discuss internal problems with an outsider, in this case a foreigner.

10. *Piazza di Spagna*: famous square in Rome in front of the Spanish Steps.

11. *lo prese un dolore infinito*: the use of two direct objects, *lo* and *un dolore infinito* gives emphasis to the second. One would have expected *gli prese un dolore infinito*.

THE GIRL WITH THE PLAIT (*Maraini*)

1. *collegio*: almost always a boarding school.

2. *potesse*: the subjunctive must be used after an indefinite antecedent.

3. *dagli occhiali*: the preposition *da* is used in descriptions – cf. *la donna dai capelli biondi* – 'the woman with blond hair'.

4. *poteva essere*: with modal verbs, the imperfect can give the same sense as the past conditional. In this case, *avrebbe potuto essere* would render the same idea.

5. *farsi mangiare*: *farsi* + infinitive – 'to get oneself + past participle' – cf. *mi sono fatto tagliare i capelli* – 'I got my hair cut.'

6. *un parlare*: infinitives are often used as nouns in Italian.

7. *andarlo ad aspettare*: when the auxiliary verb is an infinitive, the object pronoun can be added either to the auxiliary or to the main verb (cf. *andare ad aspettarlo*).

THE LAST CHANNEL (*Calvino*)

1. *m'è toccato*: one of the many idiomatic uses of *toccare* used intransitively. Here, it has a sense of compulsion (cf. *ci è toccato partire* – 'we had to leave' and *tocca a te* – 'it's your turn').

2. *all'avermi privato*: infinitives are often used substantively in Italian.

3. *pur senza riuscire*: *pur* followed by an infinitive or a gerund has the sense of 'although'. Hence *pur senza riuscire* – 'although I didn't manage' (cf. *pur essendo pronto* – 'although I was ready').

4. *lo è*: where there is an adjective understood (in this case *felice*), the direct object pronoun *lo* must be inserted.

5. *snatura*: an *s* at the beginning of an Italian word beginning with a consonant other than *s* will 'negate' the sense of the word (cf. *sfare* – 'to undo' and *sgradevole* – 'unpleasant').

LILITH (*Levi*)

1. *Kapo*: a prisoner in a concentration camp employed as an overseer.

2. *Galiziano*: inhabitant of Galicia. Galicia was part of Eastern Europe until Austria annexed it in 1772. It became part of Poland after the First World War.

3. *non se la cavava male*: *cavarsela* – 'to get by, to cope'.

4. *Lager*: the German word for concentration camp.

5. *spagnola*: 'Spanish fever', the most severe influenza epidemic of the twentieth century.

6. '*sconto col sangue mio*': 'I shall pay (the debt) with my blood', from *Il Trovatore*.

7. '*libiamo nei lieti calici*': 'Let us drink from the joyful cups', from Act I of *La Traviata*.

8. *Todt*: the Todt Organization consisted of 'volunteer' foreign labourers (they had little or no choice) recruited for war work.

9. *Golem*: in Jewish folklore, an image endowed with life. In the sixteenth century, the golem acquired the character of protector of the Jews in times of persecution, but also had a frightening aspect.

10. *cabalisti*: Cabala was a Jewish esoteric philosophy and theosophy concerned with the mysteries of God and the Creation. Cabalists ascribed

the transmission of the doctrine from God to Solomon via Adam, Noah, Moses and David. The book that became the Bible of the Cabalists, the Zohar ('Book of Splendour'), appeared in the thirteenth century.

THE ISLAND OF KOMODO (*Tamaro*)

1. '*Oh issa, oh issa*': the sound made when one is playing, for example, 'peep-o' with a child.
2. *piano piano*: the repetition of an adjective or adverb gives it the sense of a relative superlative (c.f. *pianissimo*).
3. *lusus naturae*: 'a trick of nature'.
4. *ninne nanne*: *ninna* and *nanna* are the words traditionally used when lulling a baby to sleep. Also *ninnare* – 'to sing a lullaby to' and *la nanna* – a word for 'sleep' used by very young children.
5. *Komodo*: one of the Lesser Sunda Islands in Southern Indonesia, between Sumbawa and Flores. It is best known as the home of the largest existing lizard species, *Varanus Komodoensis*, often called the Komodo dragon. The lizard is almost extinct on account of collectors, but it is known to grow to as much as ten feet.
6. *afferatolo*: used without an auxiliary, the past participle has a sense similar to that of the Latin ablative absolute (here, 'having grasped') and any pronoun dependent on the participle is added to the end of it. In a less literary situation, one might have expected *avendolo afferato* or indeed *dopo averlo afferato*.
7. *scirocco*: the name given to the Sahara wind when it reaches Italy.

WOMEN BY THE POOL (*Petrignani*)

1. *scaldamuscoli*: an example of a compound noun (verb + noun) formed from an *-are* verb (*scaldare*); cf. *asciugamano* – 'towel', *batticuore* – 'palpitation' (from an *-ere* verb) and *coprifuoco* – 'curfew' (from an *-ire* verb).
2. *settimanale*: literally 'weekly'; cf. *mensile* – 'monthly' (publication) and *quotidiano* – 'daily' (newspaper).
3. *Non ci riesce*: literally 'she doesn't succeed'; the indirect object pronoun *ci* is obligatory in Italian whilst in English it is understood.

4. *Non fosse per*: the *se* is understood; cf. English 'were it not for . . .'
5. *mi farei il bagno*: the conditional will often give a sense of volition.
6. *Il re rospo*: best known in English as *The Frog Prince*.
7. *accendere*: 'to switch on' as well as 'to light up'.

A NAUGHTY SCHOOLBOY (*Benni*)

1. *jeansino*: this first paragraph contains many examples of the wide variety of evaluative suffixes used in modern Italian, as indeed does the story as a whole. As a general guideline, these suffixes can be divided into four groups: augmentatives (*-one*), diminutives (*-ino, -ello, -etto*), terms of endearment (*-ino, -uccio*) and terms of disparagement (*-accio*). In practice, however, their usage is rather more complex and the choice of suffix will depend very much on the nature of the word to which it is attached.

2. *della stessa ditta*: a reference to the rucksacks made by Invicta which have become such an important accessory among Italian schoolchildren.

3. *risvastiche*: in colloquial Italian, and particularly amongst young people, the use of the prefix *ri-* to indicate repetition and prevalence is becoming increasingly popular (e.g. *riho fame* – 'I'm hungry again'). Here, however, the use of *ri-* with a comparatively uncommon word such as *svastiche* is intentionally outlandish.

4. *ti fanno un culo così*: the expression is always accompanied by a gesture to indicate the extent of the *culo*.

5. *eternit*: a building material made from cement and fibre-glass. Used here on account of its smooth properties.

6. *interrogazioni*: the system of assessment in Italian schools frequently requires a single pupil to come to the front of the class in order to be tested orally by the teacher in front of his or her classmates.

7. *nove*: marks are awarded on a scale of 1–10, with 6 indicating a pass, 9 very good and 10 outstanding.

SATURDAY AFTERNOONS (*Tabucchi*)

1. *come se non potesse fermarsi, erano le due precise*: readers will notice that the style and tone of the story (in particular the free indirect speech and sparse punctuation) are reflected in the translation.
2. *linguacce*: the evaluative suffix *-accio* is generally added to form a term of disparagement. Hence *la lingua* – 'tongue', *fare la linguaccia* – 'to stick one's tongue out'.
3. *Forte dei Marmi*: a seaside resort on the Tuscan coast.
4. *potessi*: the subjunctive is required after a superlative antecedent.

Acknowledgements

For permission to reprint the stories in this collection the publisher would like to thank the following:

Carcanet Press for 'The Long Crossing' (with minor alterations), translated by Avril Bardoni, from *The Wine-Dark Sea* (1985; originally published in *Il mare colore del vino*, Giulio Einaudi, 1973); Rizzoli Corriere della Sera Libri for 'Italia' from *Sillabario N.2* (Mondadori, 1982); Manchester University Press for 'La ragazza con la treccia' from *Italian Women Writing*, edited by Sharon Wood (1993); Arnoldo Mondadori Editore and The Wylie Agency (UK) Ltd for 'L'ultimo canale' from *Prima che tu dica «pronto»* (Mondadori, 1993; published in the UK in *Numbers in the Dark and Other Stories*, translated by T. Parks, Jonathan Cape, 1995); Giulio Einaudi Editore and Simon & Schuster Inc. for 'Lilít' (with minor amendments) from *Moments of Reprieve*, translated by Ruth Feldman (Abacus, 1987; originally published in *Lilít e altri racconti*, Giulio Einaudi, 1981), translation © 1979, 1981, 1982, 1983, 1986 by Summit Books; M. T. de Simone Niquesa for 'L'isola di Komodo' from *Italiana — Antologia dei nuovi narratori* (Mondadori, 1991); Manchester University Press for 'Donne in piscina' from *Italian Women Writing*, edited by Sharon Wood (1993); Giangiacomo Feltrinelli Editore for 'Un cattivo scolaro' from *L'ultima lacrima* (1994), © Giangiacomo Feltrinelli Editore Milano, 1994; Giangiacomo Feltrinelli Editore for 'I pomeriggi del sabato' from *Il gioco del rovescio* (1988), © Giangiacomo Feltrinelli Editore Milano, 1988.

Translations commissioned for this volume © individual translators.

refresh yourself at penguin.co.uk

Visit penguin.co.uk for exclusive information and interviews with
bestselling authors, fantastic give-aways and the
inside track on all our books, from the Penguin Classics
to the latest bestsellers.

BE FIRST ▼

first chapters, first editions, first novels

EXCLUSIVES ▼

author chats, video interviews, biographies, special
features

EVERYONE'S A WINNER ▼

give-aways, competitions, quizzes, ecards

READERS GROUPS ▼

exciting features to support existing groups and
create new ones

NEWS ▼

author events, bestsellers, awards, what's new

EBOOKS ▼

books that click – download an ePenguin today

BROWSE AND BUY ▼

thousands of books to investigate – search, try
and buy the perfect gift online – or treat yourself!

ABOUT US ▼

job vacancies, advice for writers and company
history

Get Closer To Penguin . . . www.penguin.co.uk